अमृता प्रीतम

जन्म : 31 अगस्त, 1919, गुजराँवाला (पंजाब)।

बचपन और शिक्षा लाहौर में। किशोरावस्था से ही काव्य-रचना की ओर प्रवृत्ति। बँटवारे से पहले लाहौर से प्रकाशित होनेवाली मासिक पत्रिका 'नई दुनिया' का सम्पादन किया, फिर 'नागमणि' नामक पंजाबी मासिक निकाला। कुछ दिनों तक आकाशवाणी, दिल्ली से सम्बद्ध रहीं। 1956 में साहित्य अकादमी पुरस्कार से सम्मानित और 1958 में पंजाब सरकार के भाषा-विभाग द्वारा पुरस्कृत। 1961 में सोवियत लेखक संघ के निमंत्रण पर मास्को-यात्रा, फिर मई, 1966 में बलगारिया लेखक संघ के निमंत्रण पर बलगारिया की यात्रा। ज्ञानपीठ पुरस्कार से सम्मानित।

अब तक तीन दर्जन से अधिक पुस्तकें मूल पंजाबी में प्रकाशित, जिनमें से दो-तीन को छोड़कर प्रायः सभी पुस्तकों के हिन्दी अनुवाद। कुछ अन्य भारतीय भाषाओं के अतिरिक्त रूसी, जर्मन आदि यूरोपीय भाषाओं में भी रचनाएँ अनूदित।

प्रमुख प्रकाशित पुस्तकें : धूप का टुकड़ा, काग़ज़ और कैनवस (कविता-संग्रह); रसीदी टिकट, दस्तावेज़ (आत्मकथा); डॉक्टर देव, पिंजर, घोंसला, एक सवाल, बुलावा, बन्द दरवाज़ा, रंग का पत्ता, एक थी अनीता, धरती, सागर और सीपियाँ, दिल्ली की गलियाँ, जलावतन, जेबकतरे, पक्की हवेली, आग की लकीर, कोई नहीं जानता, यह सच है, एक ख़ाली जगह, तेरहवाँ सूरज, उनचास दिन, कोरे काग़ज़, हरदत्त का ज़िन्दगीनामा इत्यादि (उपन्यास); अन्तिम पत्र, लाल मिर्च, एक लड़की एक जाम, दो खिड़कियाँ, हीरे की कनी, पाँच बरस लम्बी सड़क, एक शहर की मौत, तीसरी औरत, यह कहानी नहीं, अक्षरों की छाया में, आदि (कहानी-संग्रह)।

निधन : 31 अक्टूबर, 2005

दो खिड़कियाँ

अमृता प्रीतम

राजकमल पेपरबैक्स

पहला पुस्तकालय संस्करण
राजकमल प्रकाशन प्राइवेट लिमिटेड द्वारा
1971 में प्रकाशित

राजकमल पेपरबैक्स में
पहला संस्करण : 1988
दसवाँ संस्करण : 2024

राजकमल पेपरबैक्स : उत्कृष्ट साहित्य के जनसुलभ संस्करण

राजकमल प्रकाशन प्रा.लि.
1-बी, नेताजी सुभाष मार्ग, दरियागंज
नई दिल्ली-110 002
द्वारा प्रकाशित

शाखाएँ : अशोक राजपथ, साइंस कॉलेज के सामने, पटना-800 006
पहली मंजिल, दरबारी बिल्डिंग, महात्मा गांधी मार्ग, प्रयागराज-211 001
1, अनमोल सोराबजी संतुक लेन, धोबी तलाव, मरीन लाइंस, मुम्बई-400 002

वेबसाइट : www.rajkamalprakashan.com
ई-मेल : info@rajkamalprakashan.com

विकास कंप्यूटर एंड प्रिंटर्स
ट्रॉनिका सिटी-201 102
द्वारा मुद्रित

मूल्य : ₹ 199

DO KHIDKIYAN
A anthology of short stories by Amrita Pritam

ISBN : 978-81-267-0262-6

ज़िंदगी के उन अर्थों के नाम—
जो पेड़ों के पत्तों की तरह
चुपचाप उगते हैं और
झड़ जाते हैं!

क्रम

दो खिड़कियाँ	9
पक्की हवेली	23
ये छह कहानियाँ	53
दुनिया के मशहूर नावलों के कुछ पात्र	99

दो खिड़कियाँ

इमारतों-जैसी इमारत थी, पाँच मंजिलोंवाली, जैसी और, वैसी वह। और जैसे औरों में पंद्रह-पंद्रह घर थे, वैसे ही, उसमें भी। बाहर से कुछ भी भिन्न नहीं था, सिर्फ अंदर से···

''यह जो एक-सा दिखते हुए भी एक-सा नहीं होता, यह···'' डाँका इस 'यह' के आगे की खाली जगह को देखने लगती···

''खाली जगह का क्या होता है, उसे जब तक चाहे देखते रहो···पर जो खाली दिखता है, क्या सचमुच ही खाली होता है···'' और डाँका को लगता जैसे ऐसी बहुत-सी बातें थीं जिनके शब्द उसके पास रह गए थे और अर्थ उस खाली जगह चले गए थे···

आज भी डाँका अपने बड़े कमरे की एक-एक चीज़ को देखती हुई शब्दों को ढूँढ़ने लगी, ''न सही अर्थ, शब्द ही सही, पर वे भी कहाँ हैं?''

डाँका के बड़े कमरे में दो खिड़कियाँ थीं। आगेवाली खिड़की की तरफ बड़ी सड़क थी, वहाँ बड़ी रात तक लोग आते-जाते रहते थे। पर पीछे की खिड़की की तरफ एक जंगल था, जिसके पेड़ कहीं आते-जाते नहीं थे। और डाँका दोनों खिड़कियों को देखते-देखते रो-सी पड़ती, ''लगता है शब्द आगेवाली खिड़की में से निकलकर बाहर बड़ी सड़क पर चले गए हैं, और अर्थ पीछे की खिड़की में से निकलकर बाहर जंगल में चले गए···''

और उन दोनों खिड़कियों के बीच जो जगह थी, डाँका को लगा—वह दो देशों की सरहदों के बीच छोड़ी गई थोड़ी-सी जगह थी, जहाँ वह कई वर्षों से खड़ी थी। बड़ी अकेली थी, पर वर्षों से वहीं खड़ी थी। उसे ख्याल आया कि वह कभी इधर की या उधर की सरहद पार कर किसी एक तरफ क्यों नहीं चली गई

थी ? पर उसे लगा—उसके पाँव जैसे वर्षों से हिलते नहीं थे। और वह हमेशा वहीं-की-वहीं खड़ी रही थी।

आगे की खिड़की में से बड़ा शोर आता था—लोगों के पाँव, ट्रामों के पहिए—जैसे शब्दों का खड़ाक होता है—पर पीछे की खिड़की में से कोई खड़ाक नहीं आता था—जैसे अर्थों का कोई खड़ाक नहीं होता, और वे सिर्फ पेड़ों के पत्तों की तरह चुपचाप उग आते हैं, और चुपचाप झड़ जाते हैं।

कमरे की चीज़ें भी वैसी ही थीं, जैसी वह आप। एक गहरी लाल मखमल का, शाही किस्म का दीवान था, जिसके ऊँचे बाजुओं पर सोने के रंग का पत्तर चढ़ा हुआ था। एक तरफ काली और चमकती हुई लकड़ी का मेज था, जिस पर नक्काशी का काम किया हुआ था। एक तरफ अलमारी थी, जिसमें लंबी गर्दनवाली काँच की सुराहियाँ थीं, नीले फूलों से चित्रित प्लेटें थीं, और चाँदी के काँटे और चाँदी के चम्मच थे। तीनों दीवारों पर आयल पेंट की तीन बड़ी तस्वीरें थीं, जिनके बड़े-बड़े चौखटे सोने के रंग के पत्तरों से मढ़े हुए थे। और इस बड़े कमरे के दूसरे कोने में खाना खानेवाला एक बहुत बड़ा मेज था, जिसके गिर्द मखमल की, बड़ी ऊँची पीठवाली, आठ कुर्सियाँ थीं। इसी बड़े कमरे में से एक दरवाजा एक छोटे कमरे में खुलता था, जिसमें एक पलँग था जिस पर रेशम की एक बहुत बड़ी चादर बिछी हुई थी। उसके दोनों तरफ रखी हुई पीतल की तिपाइयों पर मीनाकारी की हुई थी। इसी कमरे की एक दीवार के साथ किताबों की अलमारी थी, जिसके खानों में बड़ी महँगी जिल्दोंवाली किताबें चुनी हुई थीं।

इस सबकुछ की उमर भी डाँका जितनी थी—क्योंकि डाँका के बाप ने बताया था कि उसने यह सब डाँका के जन्म पर खरीदा था। और अब जैसे डाँका की जवानी ढल गई थी, इन चीज़ों की चमक-दमक भी ढल गई थी—सोने के रंग के पत्तर बुझ गए थे, मखमल फीका पड़ गया था।

ये चीज़ें भी डाँका की तरह बड़ी अकेली थीं—वह मेज पर खाना खाने बैठती तो आठ में से सात कुर्सियाँ खाली रह जातीं। नीले फूलोंवाली प्लेटों में से सिर्फ एक पानी से धुलती। चाँदी के चम्मचों में से सिर्फ एक चम्मच इस्तेमाल होता। और रेशमी चादरवाले बड़े पलँग का सिर्फ एक कोना किसी जिंदा आदमी की साँसें सुनता।

आज पीछे की खिड़की में खड़े-खड़े डाँका को वह वक्त याद आ गया—जब

ये सब-की-सब चीज़ें कहीं अलोप हो गई थीं। उसे, उसकी माँ को, और उसके बाप को, बागियों ने आधी रात को उनके घर से निकाल दिया था, घर और घर की एक-एक चीज़ छीन ली थी। फिर उन तीनों को एक कैंप में रखा गया था, जहाँ से वे एक दिन उसके बाप को वहाँ ले गए थे जहाँ से वह कभी वापस नहीं आया था। और माँ पगलाई-सी मांस की एक गठरी बन गई थी। तब डाँका—एक कुँआरी कन्या…

उसका कौमार्य, डाँका को लगा, एक मर्द ने नहीं, राजनीति की एक घटना ने भंग किया था : राज्य बदला और राज्य का प्रबंध बदला। किसी का किसी चीज़ पर कोई हक नहीं रह गया था। किसी का किसी तरह के एतराज पर कोई अधिकार नहीं रह गया था। काम भी वही करना होता था, जिसका हुक्म मिले, सोचना भी वही होता था जिसका फरमान हो। डाँका को उसके बाप ने तीन ज़ुबानों की तालीम दी थी—एक अपने देश की ज़ुबान, एक फ्रैंच और एक जर्मन—। इतनी तालीम किसी विरले के पास थी, इसलिए नई राजनीति को उसकी जरूरत थी। और डाँका ने जब उन ज़ुबानों में वही लिखना शुरू किया, जिसका उसे हुक्म मिला था—तो उसे लगा—जैसे सरकारी हुक्म ने एक उचक्के मर्द की तरह उसका कौमार्य भंग कर दिया था।

बाप कत्ल हुआ था, पर डाँका ने कत्ल होते अपनी आँखों से नहीं देखा था। माँ जिस तरह से जी रही थी, उसे तब आँखों से देखना ऐसे था जैसे कोई रोज़ किसी को तिल-तिल कत्ल होते देखे। माँ चारों तरफ देखा करती थी पर पहचानती कुछ नहीं थी। कभी डाँका का हाथ पकड़कर दूर तक देखते हुए पूछा करती, "हम कहाँ आ गए हैं ? हमारा शहर कहाँ गया ? यह किसका घर है ?" तो डाँका रोने-रोने को हो उठती थी…

और जब कुछ शांति-सी हुई थी, डाँका को रहने के लिए यह घर मिला था, तब डाँका को एक ख्याल आया था—उसने ऊँची पदवी के अधिकारियों की मिन्नत की थी कि वह पहले से भी ज्यादा उनके हुक्म में रहेगी सिर्फ अगर कभी उसकी खिदमतों के बदले में उसे कुछ वह सामान लौटा दिया जाए, जो कभी उसके बाप के वक्त घर में हुआ करता था।

डाँका की यह दरख्वास्त मंजूर हो गई थी और डाँका के इस ख्याल ने सचमुच ही उसकी मदद की थी—माँ की आँखों में कुछ पहचान लौट आई थी। कई बार वह उठकर मेजों और कुर्सियों को खुद पोंछने लगती थी। और फिर

उसने यह पूछना छोड़ दिया था कि यह किसका घर था।

सो डाँका के घर में कुछ वही चीज़ें थीं, जो एक दिल अलोप भी हुई थीं और प्रकट भी।

''पर,'' डाँका सोचा करती, ''जो कुछ ख्यालों और सपनों में से अलोप हो गया है, वह?...'' और डाँका उस 'वह' के आगे की खाली जगह को कितनी-कितनी देर तक घूरती रहती...

[2]

डाँका ने मेज की एक दराज खोली, इस दराज में वह कुछ सिगरेट रखा करती थी, जो उन बोझिल पलों में पिया करती थी—जब उसके प्राण, सिगरेट के धुएँ की तरह, एक धुआँ-सा बन हवा में घुल जाना चाहते थे...

उसे वह दिन भी याद था, जब उसने पहला सिगरेट पिया था। एक दिन माँ पलँग की रेशमी चादर को पलँग पर बिछा रही थी कि उसे अचानक याद हो आया था, ''डाँका! यह चादर तुम्हारे पिता चीन से खरीदकर लाए थे, देखो मैंने उसे कितना सँभालकर रखा है।''

जवाब में डाँका की आवाज काँप गई थी, उसे खौफ-सा हुआ था कि अभी माँ को अपने मर्द की याद आ जाएगी और फिर वह बैठी-बैठी रोने लगेगी। पहले भी कई बार उसे बैठे-बैठे कुछ हो जाया करता था, पर गनीमत यह थी कि उसकी माँ को यह नहीं पता था कि उसका मर्द कत्ल हो चुका था। उसके अचानक गुम हो जाने के सदमे ने उसके होश कुछ इस तरह छीन लिए थे कि उसने खुद ही सोचा और खुद ही विश्वास बना लिया कि उसका मर्द किसी दूर देश में तिजारत करने के लिए चला गया था, पर उस दिन डाँका को लगा—माँ के होश लौट रहे थे, घर की चीज़ों ने उसकी कुछ पहचान लौटा दी थी, अगर उसे कैंप के दिनोंवाली लोगों की खुसर-पुसर याद हो आई...

डाँका ने उसका ध्यान चीज़ों में ही लगाए रखने के लिए जल्दी से पूछा था, ''माँ, यह इतना खूबसूरत पलँग कहाँ से बनवाया था?''

''तुम्हारे पिता एक तस्वीरोंवाली किताब लाए थे, मालूम नहीं कहाँ से, उसमें इस पलँग का नमूना था...''

''क़ुर्सियों का नमूना भी उसमें था?''

''हाँ, कुर्सियों का भी... ऐसी रंगीली तस्वीरें थीं, जैसे कुर्सियों पर सचमुच ही मखमल लगी हुई हो...''

''और माँ, ऐसी प्लेटें भी तो किसी और के पास नहीं...''

"ये तो वे फ्रांस से लाए थे, देखो मैंने इनमें से एक भी नहीं टूटने दी, अभी तक पूरी बारह हैं, गिनो तो भला..."

डाँका चाहती थी कि माँ का ध्यान कहीं लगा रहे, भले ही प्लेटें और चम्मच गिनने में ही। पर उसे उसमें भी कठिनाई-सी अनुभव होती थी जब माँ को कुछ और ऐसी ही चीज़ें याद आ जाती थीं, जो अब वहाँ नहीं थीं। एक दिन तो माँ ने मोतियों की एक कंघी के लिए सारा दिन मुसीबत किए रखी थी—एक-एक चीज़ को खोलती और रखती वह कंघी को ऐसे ढूँढ़ रही थी जैसे सुबह वह खुद ही कहीं रखकर भूल गई हो।

पर उस दिन माँ को किसी और चीज़ की याद नहीं आई थी। डाँका कुछ आश्वस्त हो चली थी कि अचानक माँ ने मेज़ की एक दराज़ खोलते हुए पूछा था :

"अरी डाँका, तुम्हारे पिता का यहाँ खत पड़ा हुआ था, कहाँ गया ?"

"खत..." डाँका चौंक उठी।

"कल तुम्हारे पिता का खत आया था कि अब वह बड़ी जल्दी आ जाएगा, मैंने कल तुम्हें बताया नहीं था ?"

"नहीं।"

"फिर खुशी में भूल गई हूँगी ? मैंने यहाँ मेज़ की दराज़ में रखा था..."

डाँका को लगा—जैसे माँ को रात कोई सपना आया हो।

"बोलती क्यों नहीं ?, तुमने लिया है खत ?" माँ पूछ रही थी, पर डाँका से कुछ नहीं बोला जा रहा था।

माँ फिर खुद ही पूछ रही थी, "पैरिस से आया था ना ?" और खुद ही दलीलों में पड़कर कह रही थी, "वहाँ से वह कहीं इटली ना चला जाए, अगर इटली चला गया..."

"इटली..." डाँका ने माँ का ध्यान दूसरी तरफ लगाने के लिए धीरे-से कहा, "माँ, तुम कभी इटली गई हो ?"

"नहीं, पर मुझे यह पता है कि इटली गया मर्द जल्दी नहीं लौटता। कई तो लौटते ही नहीं। क्या पता तुम्हारे पिता भी..." और माँ कुछ ऐसी दलीलों में पड़ गई थी कि वह खड़ी नहीं रह सकी थी। वह पलँग की एक बाँही पर गुमसुम-सी बैठ गई थी।

डाँका के लिए माँ की यह हालत भी बुरी थी, जब वह पत्थर-सी हो जाया

करनी थी। उसने माँ को एक असीम चुप्पी से बचाने के लिए पूछा, ''पर माँ, लोग इटली जाकर लौटने क्यों नहीं?''

माँ कितनी ही देर उसके मुँह की तरफ देखती रही, फिर हँस-सी पड़ी, ''मर्द किसी देश भी जाए, उसकी औरत डरती नहीं, पर अगर इटली जाए तो औरत को उसका भरोसा नहीं रहता...''

''पर क्यों?'' डाँका भी हँस-सी पड़ी थी।

''तुम तो पगली हो,'' माँ को यह बात बताने में शर्म-सी आ रही थी, पर फिर वह संकोच में कहने लगी थी, ''इटली की औरतें मर्दों पर जादू कर देती हैं।...''

और फिर माँ ने एक गहरी साँस लेकर कहा था, ''हाय रे! वह कहीं इटली न चला जाए! फिर मैं उमर-भर यहाँ इंतजार करती रहूँगी... वह नहीं आएगा...''

उस दिन अकेले बैठकर डाँका ने ज़िंदगी में पहला सिगरेट पिया था...

[3]

''सिगरेट का इतिहास कौन लिखेगा?'' डाँका को एक ख्याल-सा आया, ''देखने को लगता है कि सिगरेट का इतिहास उसके नाम में होता है। अलग-अलग नाम में, अलग-अलग ब्रांड में—किसी का इतिहास पैंतीस वर्ष का, किसी का पचास वर्ष का—फिल्मों में जब किसी का इश्तिहार रहता है, उसका इतिहास ऐसे ही बताया जाता है—पर यह सिगरेट का इतिहास कैसे हुआ? यह तो उस कंपनी विशेष का इतिहास हुआ...''

डाँका ने हाथवाले सिगरेट की आखिरी आग से एक और सिगरेट सुलगाया और सोचने लगी, 'एक बार मेरे पिता ने मुझे ख़ुद बताया था कि उसने पहला सिगरेट अपनी पहली कमाई के जशन के मौके पर पिया था। उस दिन वह बहुत खुश था। पढ़ाई के दिनों में उसने इस तरह से संयम रखा था और मन से इकरार कर लिया था कि जब तक वह अपनी हथेली पर अपनी कमाई के पैसे नहीं रखेगा, तब तक वह सुख की कोई चीज़ नहीं खरीदेगा...सो उसके लिए यह सुख की निशानी थी...'

डाँका के सिर को एक चक्कर-सा आया—शायद इसलिए कि उसने सुबह से कुछ नहीं खाया था। रविवार था, काम पर नहीं जाना था, इसलिए कुछ भी बनाने का उपक्रम नहीं किया था। काफी के प्याले की जगह भी उसने सिगरेट

पिया था, रोटी और पनीर के टुकड़े की जगह भी सिगरेट, और सिगरेट की जगह भी सिगरेट।

और डाँका को ख्याल आया–कि एक बार उसने खलील जिब्रान की एक किताब में पढ़ा था, खलील के अपने हाथों का लिखा हुआ खत, कि उसने एक दिन में दस लाख सिगरेट पिए थे···

डाँका फिर ख्यालों में डूब गई–सिगरेट का असली इतिहास यह होता है कि किसी को किस वक्त सिगरेट की तलब महसूस होती है···

और डाँका को पहाड़ी पर का यह गिरजा याद हो आया–जिसमें पत्थरों की कुछ कंदराएँ बनी हुई थीं। कहते हैं कि वर्षों पहले जब यहाँ तुर्कों का राज्य स्थापित हुआ था, लोगों पर बड़े ज़ुल्म हुए थे। तब कुछ विद्वान इन कंदराओं में चले गए थे और तुर्कों की नज़र से छुपकर समय का इतिहास लिखते रहे थे··· जंगलों के कंद-मूल और तंबाकू के पत्ते खाकर वे गुजारा करते और इतिहास लिखते···

डाँका के मन में, पहाड़ों की कंदराओं में बैठकर इतिहास लिखनेवालों के चेहरे, और खलील जिब्रान का उसकी तस्वीरों में से देखा हुआ चेहरा, गड्डमड्ड-से हो गए। सोचने लगी–सो यह भी सिगरेट का इतिहास है–किसी रचना की ज़रूरत के वक्त···

फिर एक और याद उसके बदन में झुरझुरी-सी पैदा कर गई। यह कोमारक की याद थी। उसके अंदर भूख की एक लहर दौड़ गई–"एक जिस्म को रोटी की भूख भी लगती है और दूसरे जिस्म की भी···"

डाँका ने सिगरेट का लंबा कश लिया, और आँखें मींच लीं। हाथ, वहीं उसके होंठों के पास सो-सा गया। सिगरेट के साथ इकट्ठी होती रही राख जब झड़कर उसके मुँह पर गिरी तो उसकी तपिश से वह चौंक उठी।

"कमबख्त न जाने कहाँ होगा?" डाँका के मन में कुछ हुआ तो उसे लगा–उसके कमरे की दोनों खिड़कियाँ अचानक बंद हो गई थीं। और हर शब्द जो आगे की खिड़की में से बाहर चला गया था, हमेशा के लिए बाहर रह गया था। और हर अर्थ जो पीछे की खिड़की में से बाहर चला गया था, हमेशा के लिए बाहर रह गया था···

कमरे में सिगरेट जलता रहा, डाँका सुलगती रही···

"सिगरेट का इतिहास···" डाँका की आँखों के आगे धुंध-सी छा

गई—शायद सिगरेट का धुआँ।

"यह पल, यह घड़ी ... इस जैसे कई पल, कई घड़ियाँ ... ये भी सिगरेट का इतिहास हैं ... बेशक इनके लिए शब्द भी कोई नहीं, और अर्थ भी कोई नहीं ..." डाँका ने पोरों में थामे हुए सिगरेट के आखिरी टुकड़े को वहीं पर फेंक दिया।

वह खुद बुझे हुए सिगरेट की तरह वहीं निढाल हो गई जहाँ बैठी हुई थी।

"डाँका तुम्हें मेरी कसम, अपना ध्यान रखना। बोलो रखोगी?"

"रखूँगी।".

"यह मैं तुम्हें अमानत दे रहा हूँ।"

"अमानत?"

"यह मेरी डाँका मेरी अमानत।"

डाँका बुझी हुई भी सुलग उठी। उसके कानों में कोमारक की आवाज़ भर रही थी ...

"कोमारक कहाँ है? कहीं भी नहीं ..." डाँका का मन व्याकुल हो उठा, "यहाँ सिर्फ मैं रह गई हूँ, और उसकी आवाज़ ..."

डाँका को एक बेचैनी भी महसूस हुई, एक चैन-सा भी मिला, "अगर व्यतीत की कुछ आवाज़ें भी आदमी के पास ना रहतीं, आदमी का क्या बनता ..."

साथ ही डाँका को अपना इकरार याद हो आया कि वह कोमारक की अमानत थी, और उसे अमानत का ध्यान रखना था। उसने उठकर कॉफी का प्याला बनाया, पनीर का एक टुकड़ा प्लेट में रखा, और जब खाने लगी, उसे याद हो आया—कोमारक की जो नज़्म कभी जल्सों में बड़े जोश के साथ सुनी जाती थी, वह नज़्म लिखते वक्त उसने कोई एक सौ सिगरेट पिए थे। कोमारक घर में भी कभी-कभी वह नज़्म बड़े मन से पढ़ा करता था—

"मैं शहीदों की कबर पर जाकर
इक छुरी तेज़ कर रहा हूँ—
इस छुरी के दम से, इक बगावत आएगी
'औ' उनके लहू का बदला चुकाएगी ..."

और डाँका हँसा करती थी, "एक नज़्म लिखते हुए तुमने एक सौ सिगरेट पिए हैं, अभी तो तुम छुरी को तेज़ ही कर रहे हो, जब इससे बगावत लाओगे तब कितने सिगरेट पीओगे?"

पुरानी हँसी में से डाँका को नई रुलाई आ गई, "इन सिगरेटों का इतिहास कौन लिखेगा ? ये जो कोमारक ने इस नज़्म को लिखते वक्त पिए थे ?"

डाँका ने कॉफी का आखिरी घूँट भरा, और फिर एक सिगरेट पीते हुए ख्यालों में डूब गई—"इस नज़्म का इतिहास भी कौन जानता है ? उसने ना जाने किसके लिए लिखी थी, लोगों ने किसके लिए समझी···"

"लोग जब इस नज़्म पर तालियाँ बजाते हैं, मैं कुछ हैरान हो जाता हूँ," कोमारक कहा करता था।

"वे समझते हैं, यह जो बगावत है, यह नज़्म उसका इतिहास है," डाँका उसे जवाब दिया करती थी।

"यही तो मुश्किल है, यह जो कच्ची-पक्की-सी बगावत आई है, इससे क्या बदला है ? हुक्म नहीं बदले, सिर्फ हाकिमों के मुँह बदले हैं," कोमारक की आवाज़ कुछ ऊँची हो जाया करती थी।

डाँका उसकी आवाज़ को अपने होंठों से ढँक दिया करती थी, "खुदा का वास्ता है, यह बात किसी और के आगे ना कहना।"

"मुझे कुछ भी कहने में विश्वास नहीं, सिर्फ करने में विश्वास है," कोमारक हँस पड़ा करता था।

"पर तुम्हारे-मेरे किए क्या होता है," डाँका उदास-सी हो जाया करती थी।

"तुम्हें एक बात बताऊँ ?" एक दिन कोमारक ने अचानक ऐसे कहा था कि डाँका बिलकुल ही नहीं जान सकी थी कि वह कौन-सी बात कहने लगा था, जिसका पहले उसे पता नहीं था।

"क्या ?"

"वह मेरी नज़्म है ना···"

"कौन-सी ? मरे हुओं की कबर पर छुरी तेज़ करनेवाली कि कोई और ?"

"वही।"

"हाँ।"

"यह बड़ी देर से मेरे मन में थी, तब से जब इस पिछली बगावत का चेहरा कुछ निखर रहा था···"

"सो यह नज़्म इसी की देन है ?"

"जब इसकी कल्पना की थी, तब इसी की थी, पर जब लिखी तो इसकी ना रही।"

''किस तरह ?''

''इसलिए कि यह बगावत अपने ही कहे पर कायम ना रही । जो हथियार इसकी हिफाजत के लिए पकड़ा था, वही फिर इससे बचने के लिए पकड़ना पड़ गया⋯डाँका !''

''हाँ ।''

''तुहारे पिता एक अमीर ताजर थे ना ?''

''हाँ ।''

''इस बगावत ने उसे इसलिए मरवाया कि धरती पर गढ़हे और टीले न रहें, पर बाद में अगर नए गढ़हे और टीले ही बनाने थे⋯''

डाँका ने जहाँ तक अपने बाप को देखा था, एक रहमदिल इंसान ही पाया था । सोचा करती थी शायद उस-जैसी जगहवाले बाकी लोग उस-जैसे ना होते हों, पर जो था, उसके लिए यह सज़ा क्यों थी ?

जवाब कहीं से भी नहीं मिला था, इसलिए उसे अक्सर चुप रह जाने की आदत पड़ गई थी ।

''क्यों डाँका ?'' कोमारक के मन में जो कुछ था, उस दिन उसके मन में समा नहीं रहा था ।

''तुम्हें पता है मैं कभी गिरजे में क्यों नहीं जाती ? माँ कई बार जाने की जिद्द करती है, पर मैं टाल जाती हूँ ।'' डाँका कुछ कहने-कहने को हो उठी थी । कहने लगी, ''वहाँ के लोगों के उदास मुँह मुझसे देखे नहीं जाते । शायद वही एक ऐसी जगह है जो लोगों की उदासी को पनाह देती है—या लोग ही उससे तसल्ली का भ्रम लेने जाते हैं—जाने से कुछ नहीं सँवरता, पर जाते हैं—कोमारक !''

''हाँ ।''

''असल में कत्ल तो उनकी उदासी को करना था⋯'' डाँका के ये शब्द उसके मुँह में ही थे कि कोमारक ने उसे बाँहों में भर उसके शब्द चूम लिए थे । डाँका की आँखों में पानी भर आया था । उसने सहमकर कोमारक के चेहरे की तरफ देखा था, जैसे भरी दुनिया में उसे मुश्किल से इस-जैसा एक ही चेहरा मिला हो, और उसे विश्वास न हो रहा हो कि यह चेहरा उसे सदा दिखाई देता रहेगा ।

[4]

आज डाँका को कोमारक याद आया तो इस तरह याद आया, जिस तरह उसे याद करने से वह मुद्दत से डर रही थी, और आज उस डर की मियाद खत्म हो गई थी।

कोमारक को गए हुए पाँच वर्ष हो गए थे, डाँका उसे जी भरकर याद करने का मौका बड़े यत्नों से टालती रही थी। जानती थी—वह इस तरह याद आया तो जिंदगी का एक दिन भी उससे, उसके बिना, गुजारा नहीं जा सकेगा। पर दिन तो गुजारने ही थे, यह कोमारक की नसीहत भी थी, और जिंदगी का दिलासा भी।

जब कोमारक को उसने खुद अपने हाथों विदा किया था, डाँका के हाथ बेहद मजबूर थे...

"यह भी जिंदगी का रहम था—वह जिंदगी में मिल गया, तीन साल मैंने उसके साथ गुजार लिए..." डाँका को अपनी उमर के सारे वर्ष इस तरह याद आए, जैसे उसने रेत के किनारे पर बैठकर कुछ खाली सीपियाँ बटोरी हों। और कोमारक से मिलन इस तरह, जैसे एक दिन अचानक एक सीपी में से मोती निकल आया हो...

उनकी मुलाकात एक सरकारी दफ्तर में हुई थी—एक गहरी और लंबी चुप में से। देखने को तो डाँका उसे रोज़ देखा करती थी, पर चेहरों की पहचान तो मिलाप नहीं होती...

एक दिन डाँका दफ्तर में बड़ी उदास थी। जो लिख रही थी उससे नहीं लिखा जा रहा था। और दफ्तर में ही उसकी आँखें भर-भर आई थीं। कोमारक ने उसे बीमार समझा था, हाल पूछा था, पर डाँका जब तेज़ सिर दर्द कहकर, दफ्तर से छुट्टी लेकर घर लौटी थी, कोमारक उसे घर तक छोड़ने आया था। घर आकर डाँका ने उसके और अपने लिए कॉफी बनाई थी। किसी पर विश्वास करने की डाँका की आदत नहीं थी, पर उस दिन कॉफी पीते हुए कोमारक के सामने उसके मुँह से निकल गया, "रोज़ इतना कुफर नहीं तोला जाता, हिम्मत नहीं रह गई..."

और डाँका की आँखों में फिर पानी भर आंया था, "लोग साँस रोके जी रहे हैं, मैं रोज़ उनकी खुशी के इश्तिहार लिखती हूँ। यह सबकुछ किसलिए करती

हूँ, इसीलिए ना कि जिंदा रह सकूँ...''

यही विश्वास एक जड़ था जिसमें से डाँका और कोमारक की दोस्ती उगी थी। और फिर कुछ महीनों के बाद उन्होंने विवाह करके अपने ख्याल भी एक कर लिए थे, और सपने भी।

माँ के चेहरे पर एक रौनक-सी लौट आई थी। सिर्फ एक दिन उसने कहा था, ''डाँका, तुम इटली अपने पिता को खत लिख देतीं तो तुम्हारा खत पढ़कर वह जरूर आ जाते। तुम उनके आने पर विवाह करतीं तो अच्छा था...'' पर फिर कभी उसने कुछ नहीं कहा था।

कोमारक ने ही, एक बार माँ के चेहरे की तरफ देखकर, डाँका से अकेले में कहा था, ''डाँका, वह जो नज़्म है ना– कब्रों पर छुरी को तेज़ करनेवाली, तुम्हें पता है वे कौन-सी कब्रें हैं?''

''शहीदों की।'' डाँका ने जवाब दिया था।

''हाँ शहीदों की, पर उस शब्द के बड़े अर्थ होते हैं...''

''किस तरह?''

''ये उन मासूम लोगों की कब्रें भी हैं, जिनके खामख्वाह कत्ल होते हैं–जैसे तुम्हारे बाप की कब्र –और ये उन उदासियों की कब्रें भी हैं, जिनमें मरे हुए नहीं, जिंदा लोग रहते हैं, जैसे माँ...''

उस दिन कोमारक की छाती से सिर सटा डाँका बहुत रोई थी।

डाँका और कोमारक का रिश्ता एक विश्वास की जड़ में से उगा था। और इसके साथ बेशुमार आँसू थे, जो शायद इस पौधे को पानी देने के लिए बने थे। डाँका को यह याद आया–कि वह अपने विवाह की पहली रात भी रोई थी...

यह वह रात थी–जब एक पूरी औरत एक पूरे मर्द से मिलती है–और उस रात डाँका ने कोमारक को बताया था, ''दफ्तर में जब भी बहुत झूठे लेख लिखती हूँ, घर आकर लगता है, जैसे पराए मर्द के साथ सोकर आई हूँ। सारा जिस्म गलीज़ लगता है...'' और डाँका की आँखों में पानी भर आया था, ''सिर्फ आज पहली बार देखा है कि जिस्म पवित्र कैसे होता है।''

उस रात कोमारक की बाँहें डाँका के गिर्द से खुलती नहीं थीं। बार-बार कहता था, ''तुम इतनी पाकीज़ हो कि सोचता हूँ तुम्हें कहाँ छुपाऊँ।''

फिर साल गुजर गया, दो गुजर गए, तीसरा भी गुजरने को हो आया। डाँका औरत थी, उसने एक मर्द को पाकर अपनी सारी दुनिया उस तक समेट ली। पर

कोमारक मर्द था, उसके लिए दुनिया के अर्थों का बड़ा विस्तार था। इर्द-गिर्द जो कुछ भी बदला था, सिर्फ शब्दों में बदला था, अर्थ वही थे जो एक हुकूमत के हुआ करते हैं। और नई हुकूमत के और भी सख्त हुआ करते हैं। कोमारक इन वर्षों में जो कुछ भी देख रहा था, उस बारे में किसी से कुछ नहीं कहता रहा था, पर अपनी नज़्मों को बताता रहा था—शायद चुप की कब्र पर वह कुछ तेज करता रहा था।

और फिर अचानक खबर मिली कि कोमारक की जान खतरे में थी···

शायद एक रात का भी भरोसा नहीं था। सिर्फ एक ही रास्ता था कि कोमारक रात-रात में ही देश में से निकल जाए, सरहद पार कर जाए···

डाँका सारी-की-सारी उसमें समा जाना चाहती थी। उसने कोमारक को जाने के लिए तैयार किया था, पर उसकी छाती से अलग किए अलग नहीं हो रही थी···

पीछे माँ थी, माँ को कहीं भी अकेला नहीं छोड़ा जा सकता था। नहीं तो एक बार तो डाँका अनहोनी सोच गई थी···

''अगर कहीं अनहोनी हो जाती···'' डाँका की छाती में उबाल आया, ''माँ तो बाद में एक साल भी जिंदा नहीं रहती, वही जिंदा रहती—यहाँ बस मैं रह गई और ये दीवारें···''

और डाँका के लिए माँ का दुख भी ताज़ा हो आया—कोमारक ने जाते वक्त माँ से प्यार लिया। बताया कि उसे दूसरे देश में कुछ काम पड़ गया था, इसलिए वह अरसे बाद लौटेगा, और आगे से माँ ने उसे ताकीद की थी कि वह चाहे जिस देश जाए, पर इटली नहीं···''

आज डाँका की आँखों में जैसे माँ के आँसू भर आए, ''माँ जितनी देर जिंदा रही, कहती रही—डाँका! उसका कोई खत आया? नहीं आया? वह जरूर इटली चला गया होगा···''

खत··· डाँका ने यह शब्द जहर के घूँट की तरह पी लिया—उसे सिर्फ एक खत का पता था जो उसने एक बार आँखों से देखा था। उसे पुलिस के महकमे में बुलाकर उसके नाम से आया हुआ कोमारक का खत उसे दिखाया गया था। उसमें सिर्फ इतनी भर खबर थी कि वह जिंदा फ्रांस पहुँच गया था। तब से डाँका का पुलिस से वास्ता पड़ा हुआ था, उसी रात से, जिस रात कोमारक घर से गया था। उसके जाने और पुलिस के आने में कुछ घंटों का फासला रहा था। कई

महीने तो उसे यही चिंता रही थी कि वह जिंदा भी था कि नहीं । फिर पुलिस ने उसका खत दिखाकर बेशक उसे कई हिदायतें दी थीं कि अगर फिर कभी उसका खत आया और उसने खत का जवाब दिया तो अपनी जान की वह खुद जिम्मेदार होगी, पर डाँका की एक चिंता दूर हो गई थी, और उस घड़ी यही तसल्ली उसके लिए काफी थी कि कोमारक जिंदा था···

डाँका ने कभी उसके खत का इंतजार नहीं किया था । उसे मालूम था कि कभी कोई खत उस तक नहीं पहुँचेगा । पर वह साल बिताती जा रही थी । ये साल चुप थे, व्यर्थ थे और डाँका को लग रहा था कि इनके शब्द आगे की खिड़की में से बाहर चले गए थे और इनके अर्थ पीछेवाली खिड़की में से बाहर गिर पड़े थे—पर···पर···

और डाँका 'पर' के आगे पड़ी हुई खाली जगह पर जैसे खुद खड़ी हो गई, ''कोमारक ! मैं तुम्हारा इंतजार करूँगी, तब तक इंतजार करूँगी, जब तक तुम सब कब्रों पर जाकर अपनी छुरी तेज़ नहीं कर लेते ।''

डाँका को लगा—इन बेशुमार कब्रों में एक कब्र उसके इंतजार के सालों की भी थी···

और डाँका ने उठकर एक आशा से कमरे की दोनों खिड़कियाँ खोल दीं—एक शब्दों के लौट आने के लिए और एक अर्थों के पलट आने के लिए । पता नहीं कब—पर कभी···

पक्की हवेली[1]

सिर्फ नानी-माँ मेरी बात सुनती हैं, और कोई नहीं सुनता। पापा कह रहे थे आज नानी-माँ आएगी। मैं भूत की बात सिर्फ नानी-माँ को बताऊँगी। माँ को जब भी बताती हूँ, वह मानती नहीं। पापा भी नहीं मानते। पहले भी सिर्फ नानी-माँ ने मेरी बात सुनी थी। वह माँ को भी गुस्से हुई थी, पापा को भी, कि वह मेरी बात क्यों नहीं सुनते। आज वह फिर उन्हें गुस्से होगी···

बड़ा मजा-आया था। नानी-माँ ने मेरे कमरे में आग जलाकर उसमें ढेर सारी मिर्चें डाली थीं। नानी-माँ ने मेरे मुँह पर भी कपड़ा बाँध दिया था, अपने मुँह पर भी बाँध लिया था। पर माँ ने और पापा ने अपने मुँह पर कपड़ा नहीं बाँधा था। उन्हें बड़ी छींकें आई थीं। माँ भी छीकें मार रही थीं, पापा भी···

भूत को भी बड़ी छींकें आई होंगी। तभी वह बहुत दिन तक मेरे कमरे में नहीं आया था। फिर जब नानी-माँ अपने गाँव चली गई तो एक दिन भूत मेरे कमरे में आ गया···

माँ को भी बताया था, पापा को भी, पर वह बल्कि नानी-माँ को गुस्से हो रहे थे कि उसे वहम हो गया है। रात को मुझे नानी से कहानी भी नहीं सुनने देते थे। कहते थे, नानी मुझे जिन्न-भूतों की कहानी सुनाती है, और फिर मुझे भूतों के सपने आते हैं···

पर नानी तो जितने दिन भी यहाँ रहती हैं, भूत कमरे में नहीं आता। वह सिर्फ तब आता है, जब नानी चली जाती हैं···

आज पापा कह रहे थे कि अब नानी-माँ बहुत दिन यहाँ रहेंगी···

---

1. पंजाब में पक्की हवेली भुतहाघर को कहते हैं।

[2]

इस बार नानी-माँ को पता नहीं क्या हो गया है, जब से आई हैं, मुँह में कोई मंत्र-सा पढ़ रही हैं। माँ बीमार है, पर नानी-माँ हँसे जाती हैं। पापा भी बड़े खुश हैं। नानी ने अभी उन्हें कहा था कि वह बाजार से गुग्गल मँगवा लें। पापा ने मँगवा दिया। नानी ने माँ की चारपाई के पास आग जलाकर, वह काला-सा मसाला आग में डाल दिया, आग में से बड़ा ही धुँआ निकला। उस दिन नानी ने मिर्चें भी इसी तरह आग में डाली थीं।

''पापा! माँ के कमरे में भी भूत आता है?''

''नहीं।''

''फिर माँ की खटिया के पास नानी ने आग क्यों जलाई है?''

''इससे कमरे की हवा अच्छी हो जाती है।''

''इससे भूत नहीं भागता?''

''उर्मि, तुझे कितनी बार कहा है कि भूत कुछ नहीं होता।''

''होता है, कल फिर मेरे कमरे में आया था आधी रात...''

आगे मेरे पापा ने मेरी बात सुननी छोड़ दी। पर नानी ने सुन ली थी, उन्होंने मुझे गोदी में लेकर फिर मंत्र पढ़ना शुरू कर दिया, ''भूत हंता एक मंत्र उचारे हमरे काज सवारे दोखी मारे...''

फिर नानी ने मेरे कमरे में जाकर भी आग जलाई और उसमें गुग्गल डालकर कितनी देर मंत्र पढ़ती रहीं।

''पापा कहते थे, इससे कमरे की हवा अच्छी होती है, भूत नहीं भागता।''

''पापा को क्या पता इससे भूत भी भाग जाता है।''

''पापा कहते हैं कि भूत कोई नहीं होता।''

''पापा को क्या पता।''

''माँ के कमरे में भूत आया था?''

''नहीं।''

''वह पापा के कमरे में भी नहीं जाता, फिर मेरे कमरे में क्यों आता है?''

नानी ने मेरी बात का जवाब नहीं दिया। फिर मंत्र पढ़ने लगीं। मंत्र पढ़ती-पढ़ती कमरे से बाहर सहन में खड़े पापा की तरफ देखकर कहने लगीं; ''कितनी बार कहा है, लड़की को साथ सुलाया करो, अपने कमरे में। एक तो

शहरियों के यह चोंचले पता नहीं लगते। बच्चों को अलग कमरे में डाल दो, और आप...''

पापा ने अंदर आकर नानी को फिर दिखाया, ''देखो, दोनों कमरों के बीच का दरवाजा खुला होता है। रात को इसके कमरे के आगे, दरवाजे के साथ दयाली की खटिया होती है। रात इसका जब मन करता है उठकर हमारे कमरे में आ जाती है...''

मैंने भी कहा, ''मुझे रोज डर नहीं लगता, सिर्फ जब भूत आता है...''

पापा भूत की बात ही नहीं सुनते। कमरे से बाहर चले गए, सिर्फ नानी सुनती रहीं।

पूछती रहीं, ''तुझे भूत के पैरों की आहट सुनाई देती है?''

''नहीं।''

''ऐसे नहीं लगता कि कोई कमरे में चलता है?''

''नहीं।''

''दरवाजे में से आता है, खिड़की में से?''

''पता नहीं।''

''आकर कुछ बोलता है?''

''नहीं।''

''फिर तुझे किस तरह पता है कि भूत आता है?''

''वह मेरे सिर पर हाथ लगाता है, कंधों पर भी, पीठ पर भी...''

''काले रंग का होता है?''

''पता नहीं।''

''तूने कभी देखा नहीं?''

''मुझे डर लगता है, मैं देखती नहीं।''

''फिर वह कितने देर खड़ा रहता है?''

''पता नहीं।''

नानी कहती है कि मेरे मुँह का रंग पीला होता जाता है। पिछली बार उसने पापा को भी कहा था। पापा डाक्टर के पास ले गए थे। पर डाक्टर कहता था मैं बीमार नहीं। नानी कहती थीं डाक्टर कुछ नहीं कर सकता, काली देवी कर सकती हैं। पर पापा कहते थे कि वह काली देवी को नहीं मानते।

नानी ने मेरा सिर सहलाया, मुँह चूमा, और मुझे कहने लगीं, ''पापा को ना

बताना, कल मैं तुझे काली देवी के मंदिर ले जाऊँगी।"

"काली देवी कौन हैं नानी?"

"दुर्गा, भूत-प्रेतों की रानी।"

"वह क्या करेंगी?"

"वह हम पर मेहर करेंगी। तू सोते वक्त काली माँ का नाम जपा कर।"

"किस तरह?"

"कहा कर–हे काली माँ!"

"पर वह मेरी माँ नहीं।"

"वह भी तेरी माँ है।"

"पर माँ तो एक ही होती है, दो किस तरह होंगी?"

"तू कर्मोंवाली है ना, तेरी दो माँ हैं," नानी ने कहा और फिर आँखें बंद करके कहने लगीं, "हे काली! हे दुर्गा! हे देवी! यह तेरी अपनी बेटी है, इसके सिर पर हाथ रख।"

फिर नानी को एक अजीब-सी बात सूझी। वह मुझे साथ के कमरे में माँ के पास ले गईं। चारपाई पर बिठाया और पानी की एक कटोरी लाकर उसने मेरे पैर धोए। जिस पानी से पैर धोए थे वही फिर कटोरी में डाल दिया, और माँ को कहने लगीं, "यह लड़की भागवान है, इसके पैर धोकर पी ले, परमात्मा तुझे बेटे का वरदान दे।"

माँ ने कटोरीवाला गंदा पानी पी लिया। मैं बड़ी हैरान थी कि माँ ने वह गंदा पानी क्यों पिया। पापा भी कमरे में थे, उन्होंने भी कुछ नहीं कहा, मेरा ख्याल था वह नानी-माँ को गुस्से होंगे, पर वह चुप करके दोनों की तरफ देखते रहे।

फिर नानी ने मेरा हाथ पकड़कर माँ के सिर पर रख दिया, "बेटी देवी होती है। माँ को असीस दे कि उसके घर पर बेटा जन्मे। तेरा राजा भैय्या।"

मैंने देखा नानी रो रही थीं।

नानी कभी हँसतीं, कभी रोतीं। पता नहीं लगता, नानी को क्या हो गया।

[3]

माँ बहुत बीमार है, पापा अभी डॉक्टर को लेकर आए हैं। डॉक्टर भी कमरे में है, नानी भी, पर पापा कमरे से बाहर खड़े होकर कमरे की तरफ देखे जा रहे हैं। पापा पता नहीं कमरे में क्यों नहीं जाते। मुझे भी कमरे में नहीं जाने देते।

''पापा ! माँ कब ठीक होंगी ?'' मुझे रोना आ गया। पापा ने मुझे उठाकर बड़ा प्यार किया। फिर पूछने लगे, ''बोल चिड़ी कि काँ ?''

पता नहीं पापा को क्या हो गया है। माँ इतनी बीमार हैं पर पापा चिड़ी और काँ की कहानी कहने लगे हैं।

''बोल चिड़ी कि काँ ?'' पापा ने फिर पूछा।

''काँ,'' मैंने कहा। पर पापा की बात समझ में नहीं आई।

पर देखा—पापा हँस पड़े और उन्होंने मेरा गाल चूम लिया।

नानी कमरे में से बाहर आईं तो सिर के दुपट्टे से आँखें पोंछ रही थीं। मैंने समझा रो रही हैं। पर पापा की तरफ देखकर वह हँस पड़ीं। कहने लगीं, ''शकवाली बात कोई नहीं। डाक्टर ने मुबारक कही है।''

फिर नानी ने मुझे पापा की गोद से लेकर, अपनी गोद में उठा लिया। अब मैं नानी से उठाई नहीं जाती, पर उन्होंने छोटे-से बच्चे की तरह मुझे उठा लिया। कहने लगीं, ''तेरा मुँह मुबारक, बोल चिड़ी कि काँ ?''

पापा भी, नानी भी, सबको पता नहीं क्या हो गया है, सब मुझे एक ही बात पूछे जाते हैं। माँ बीमार है; उसकी बात नहीं करते। बस चिड़ी और काँ की बात किए जाते हैं।

''काँ,'' मैंने नानी को जवाब दिया। लगा यह बात कही थी, तो पापा बड़े खुश हुए थे।

नानी ने भी मेरा गाल चूम लिया, और कहा, ''तेरा पैर भागवान, तेरा मुँह भागवान।''

फिर डाक्टर भी कमरे में से बाहर आ गईं। उसने भी सबसे पहले मेरे मुँह को प्यार किया और कहा, ''तेरा राजा भैय्या आएगा।''

''छोटा काका ?'' मैंने डाक्टर को पूछा। लगा डाक्टर को सबसे ज्यादा कुछ पता था।

''हाँ, छोटा-सा मुन्ना।''

''कहाँ है ?''

''अभी नहीं, बहुत दिन के बाद आएगा।''

''कहाँ से आएगा ?''

''माँ के पेट से आएगा, जैसे तू आई थी।''

''पर माँ तो बीमार है।''

जब नन्हा बच्चा आता है, माँ बीमार भी होती है।"

"वह रोती है?"

"हाँ, रोती भी है, हँसती भी है।"

"नानी-माँ भी साथ ही रोती हैं, और हँसती भी हैं..."

आगे जो कहने लगी थी, किसी ने सुना नहीं, सब हँसने लगे।

पर अब मुझे एक फिकर लग गया है कि जब छोटा काका आएगा, और भूत उसके कमरे में भी चला गया तो वह बड़ा रोएगा...

[4]

हमारी हवेली के पिछले कमरों में चाची रहती है, और वहाँ कोई नहीं, सिर्फ चाची। माँ ने बताया था कि यह मेरी सगी चाची नहीं, पर वैसे बड़ी अच्छी है। पापा का कोई दोस्त था, जिसे पापा अपना भाई कहते थे। फिर वह विलायत चला गया और चाची को यहीं छोड़ गया। माँ कहती थी उसने विलायत जाकर किसी मेम से शादी कर ली। सो यह चाची बेचारी अकेली रहती है। वह हर महीने इसे पैसे भेज देता है पर आप नहीं आता।

चाची मुझे बहुत प्यार करती हैं। जब उसके कमरे में मैं जाऊँ मुझे कितनी ही चीजें खिलाती हैं। पर चाची के कमरे के पास बड़े-बड़े पेड़ हैं। चाची ने कहा था कि मैं पेड़ों के बीच जाकर न खेला करूँ। पेड़ों में से बच्चों को भूत चिपट जाते हैं।

पापा भी अजीब हैं। कभी कहते हैं कि भूत कोई नहीं होते, कभी कहते हैं, नानी ठीक कहती हैं। तू पेड़ों के नीचे ना खेला कर। हवेली के पिछली तरफ ना जाया कर।

पर जब भी जाती हूँ, चाची वहाँ से जल्दी से आने नहीं देतीं। फिर अँधेरा हो जाता है, और पापा गुस्से होते हैं।

अब नानी-माँ जब से आई हैं, मेरे कमरे में भूत नहीं आता। पर क्या पता—अगर चाची के पास जाऊँ तो किसी पेड़ पर बैठा हुआ भूत मुझे देख ले, और फिर उसे मेरी याद आ जाए...

नानी रोज रात को माँ के कमरे में भी गुग्गल जलाती हैं, मेरे कमरे में भी। और नानी कहती हैं, "अब भूत नहीं आएगा।"

चाची को अभी तक किसी ने भी नहीं बताया कि हमारे घर छोटा काका

आएगा। मैं उसे जाकर बताऊँगी और चाची को कहूँगी, वह भी माँ की तरह एक छोटा-सा काका ले आए, फिर सारा दिन उसे खिलाती रहे।

पर इस वक्त नहीं, अब अँधेरा होने लगा है, नानी कहती थीं कि अँधेरा होते ही भूत पेड़ों पर आकर बैठ जाते हैं।

नानी कल सुबह मुझे काली माँ के मंदिर लेकर जाएगी, आज उसने गोटा लगाकर देवी की सात चुनरियाँ बना ली हैं। माँ कहती थी कि काली माँ चुनरियों से नहीं प्रसन्न होती, वह सिर्फ लहू माँगती है। पर नानी कहती हैं कि एक बकरे का जितना मोल होता है, वह उतने पैसे भी काली को दे आएगी, ताकि वह बकरा खरीदकर उसका लहू निकाल ले।

नानी ने कहा है, मैं पापा को ना बताऊँ कि कल सवेरे हम काली के मंदिर जाएँगे। नहीं बताऊँगी, पर नानी भी अजीब हैं—पापा जब बकरे का मांस खाते हैं तो नानी चौके में मांस नहीं आने देतीं। एक अँगीठी जलाकर बाहर रख देती हैं⋯पर काली माँ को जाकर एक बकरा चढ़ा आएँगी⋯

परसों पापा ने मांस राँधा था। माँ को आजकल पता नहीं क्या हो गया है, पहले वह कभी मांस नहीं खाती थी, पर परसों पापा को कहने लगी, "उसका मांस खाने को जी करता है।"

पापा उसे कटोरी में डालकर देने लगे थे कि नानी रोने लगीं, "यह जो पेट में मांस माँगता है, मैं उसका क्या करूँ?"

माँ अब उस तरह बीमार नहीं, पर नानी अब भी उसी तरह कभी हँसती हैं, कभी रोती हैं⋯

रात मैंने नानी से कहा, "नानी-माँ, डाक्टर कहती थी कि जब छोटा मुन्ना आता है उसकी माँ कभी हँसती है, कभी रोती है। तुम भी तो कभी हँसती हो, कभी रोती हो, तुम्हारे पास भी छोटा मुन्ना आएगा?"

और नानी-माँ मुझसे गुस्से हो गईं। पर वह बहुत देर तक गुस्से नहीं रह सकतीं। मुझे पकड़कर प्यार करने लगीं। कहने लगीं, "मैं बूढ़ी हो गई हूँ। जब कोई भी बूढ़ी हो जाए उसे ऐसे नहीं कहते।"

[5]

चाची भी बड़ी अजीब हैं। आज मैंने उन्हें जाकर बताया कि हमारे घर छोटा-सा मुन्ना आनेवाला है तो वह कितनी देर तक चुप ही बैठी रहीं।

मैंने सोचा उन्होंने शायद सुना नहीं। मैंने फिर कहा, "चाची, एक डाक्टर

आई थी, कहती थी कि मेरी माँ के पेट में से एक छोटा-सा काका निकलेगा।'

यह सब औरतें एक-सी ही होती हैं। मैंने देखा कि चाची रोने लगी थीं। जब पूछा कि—चाची तुम रोई क्यों हो ? तो हँसने लगीं। कहने लगीं, ''देख ले, मैं हँस रही हूँ।''

नानी-माँ बूढ़ी हैं पर चाची बूढ़ी नहीं, सो मैंने चाची को कहा, ''तुम रोती भी हो, हँसती भी हो। डाक्टर कहती थीं जब छोटा मुन्ना आता है, तब उसकी माँ रोती भी है, हँसती भी है। तुम्हारा भी मुन्ना आएगा ?''

चाची को पता नहीं क्या हुआ, वह फिर रोने लगीं।

चाची पता नहीं हँसती क्यों नहीं। कभी भी नहीं हँसतीं। वैसे मुझे कहती हैं कि मैं रोज उसके पास आया करूँ। पर जब जाती हूँ वह चुप करके बैठ जाती हैं। ना हँसती हैं, ना बातें करती हैं। कहानियाँ भी नहीं सुनातीं। बस खाने को दिए जाती हैं। कभी कुछ खिलाती हैं, कभी कुछ···

मैं वहाँ से उसी वक्त चली आई थी। वह कहती रहीं कि मैं मलाई खा लूँ, पर जब वह रोती हैं, मेरा खाने को जी नहीं करता।

घर आकर मैंने नानी-माँ को बताया, तो वह माँ के कमरे में जाकर हँसने लगीं, ''ले देख, तेरी तोती ने सबक पढ़ लिया है। एक बात उस डाक्टरनी से सुन बैठी है···रात मुझे कह रही थी, नानी-माँ तुम हँसती भी हो, रोती भी हो, तुम्हारे भी मुन्ना आएगा। और अब उस बेचारी को भी यही बात कह आई है।''

चाची हमारी तरफ कम ही आती हैं। पर आज मेरे पीछे-पीछे ही आ गईं। उन्होंने पहले नानी-माँ को बधाई दी, फिर मेरी माँ को।

उसके मुँह से लग रहा था कि वह अभी-अभी रोकर, मुँह धोकर आई हैं। नानी-माँ उनसे कहने लगीं, ''इस पगली ने मुझे बताया है कि तुम्हें क्या बक आई है। बच्चे की बात तुम मन को न लगाना।

''रात मुझे भी यही बात कह रही थी। अभी इस उम्र में क्या पता कि औरत की किस्मत कितनी अजीब होती है।''

लगा चाची फिर रो पड़ेंगी। पर रोई नहीं। वैसे जल्दी ही चली गईं।

पीछे नानी ने मुझे बताया कि जिस औरत का मर्द दूर रहता हो, उसे यह बात नहीं कहते।

कुछ समझ आई। पूछा, ''जिस तरह पापा माँ के साथ रहते हैं, चाचा चाची के पास क्यों नहीं रहते ?''

नानी माँ ने आसमान की तरफ हाथ किया, और कहने लगीं, ''औरत की किस्मत भगवान उल्टे हाथ से लिखता है। जो लकीर सीधी पड़ गई, वही गनीमत।''

रात मैं स्लेट लेकर कितनी देर बैठी रही। सलेटी को उँगलियों में लेकर उल्टे हाथ से अक्षर लिखती रही, पर कोई अक्षर लिखा नहीं जा रहा था—लकीर भी सीधी नहीं पड़ रही थी। हाथ दुखने लगा। पता नहीं भगवान उल्टे हाथ से क्यों लिखता है...

तभी तो उससे सीधी लकीरें नहीं पड़तीं...

[6]

मेरी बात कोई नहीं मानता था। अब माँ को पता लगा है कि मैं सच कहती थी।

रात माँ के कमरे में भूत आया था...

पापा ने सुबह से कुछ नहीं खाया। माँ रो रही हैं। नानी माँ भी रो रही हैं...

पर एक बड़ी अजीब बात है कि भूत जिस तरह मेरे सिर पर और मुँह पर हाथ लगाता था, उसने माँ को उस तरह हाथ नहीं लगाया। माँ को पता ही नहीं, कि वह किस वक्त आया था। सिर्फ सुबह उठकर माँ ने देखा कि उसके बालों में से कुछ बाल कटे हुए थे।

मेरे बाल उसने कभी नहीं काटे थे।

नानी-माँ रोती-रोती भी एक मंत्र पढ़ रही हैं, ''भूत हंता एक मंत्र उचारे...''

आज नानी काली माँ का नाम नहीं ले रहीं। बार-बार शिव शंभू, शिव शंभू कह रही हैं। मैंने पूछा तो कह रही थीं, ''सब भूत शिव की अर्दली में रहते हैं। शिव प्रसन्न हो जाए तो कोई भूत नजदीक नहीं फटक सकता।''

नानी-माँ पापा से मिन्नत कर रही हैं—''जाओ, शिव के मंदिर भंग का प्रसाद चढ़ाओ।''

पापा माथे पर हाथ रखकर बैठे हुए हैं। उठते नहीं। कचहरी जाने का वक्त हो गया है, तब भी नहीं उठते।

''उर्मि सच कहती थी, शुक्र करो, अभी तक लड़की बची हुई है।'' माँ रोए जा रही हैं, पापा को पकड़कर हिला रही हैं, ''इस हवेली में कोई प्रेत रहता है, पहले लड़की के पीछे पड़ा हुआ था, अब... अब... जिसका अभी मुँह भी नहीं देखा...''

पापा ने जेब में से रूमाल निकालकर आँखों पर रख लिया है...

''भगवान के वास्ते, यह हवेली बेच दो। मुझे हवेलियाँ नहीं चाहिए। फूस की झोंपड़ी बनवा दो।...'' माँ पापा का हाथ खींचती हुई कह रही थीं।

पापा रो रहे थे। उनकी आँखों से रूमाल गिर पड़ा। पापा ने रूमाल उठाकर फिर आँखों पर नहीं रखा। मैंने पहली बार पापा को रोते देखा है।

नानी-माँ आज सुबह के वक्त भी गुग्गल जला रही हैं। मंत्र पढ़ रही हैं...

पापा को अचानक पता नहीं क्या हुआ है, उठकर कमरे में से बाहर आ गए हैं। उनकी आँखें लाल सुर्ख हो गई हैं। पर इस तरह नहीं जिस तरह रोकर होती हैं, कुछ इस तरह जैसे पापा को बड़ा ही गुस्सा चढ़ रहा हो।

पर पता नहीं लगता, पापा को गुस्सा क्यों आ रहा है? किस पर? शायद भूत पर। पर नानी-माँ कहती थीं कि मनुष्य का गुस्सा भूतों का कुछ बिगाड़ सकता। भूतों को घर से निकालना हो तो प्रसन्न करके निकालना चाहिए।

पापा ने दयाली को चाय बनाने के लिए कहा है और नानी को और माँ को हुक्म-सा दिया है कि वे उठकर चाय पिएँ।

माँ कभी पापा का कहना नहीं मोड़तीं। रोती-रोती भी चाय पीने लगी हैं। पापा ने एक पराँठे पर मक्खन रखकर माँ के सामने रख दिया है। माँ उन्हें ना नहीं कह सकतीं। खाने लग गई हैं। पापा ने दूध का गिलास भरकर मेरे हाथ में पकड़ा दिया है। नानी को चाय पीने के लिए कह रहे हैं।

नानी ने चाय का गिलास सामने रख लिया है। पर घूँट भरती हुई कह रही हैं—''मेरे गले से नहीं उतरता, पता नहीं क्या होनी होनेवाली है।...''

लगता है—अब हमारा छोटा-सा मुन्ना नहीं आएगा। पापा को पूछना चाहती हूँ, पर आज पापा से डर लग रहा है।

लगता था आज पापा कचहरी नहीं जाएँगे, पर वह चाय पीकर चले गए थे। माँ फिर खटिया पर लेट गई थी। नानी-माँ से भी आज डर-सा लग रहा है, पर उतना नहीं, जितना पापा से। धीमे-से पूछती हूँ—''नानी-माँ, हमारा छोटा मुन्ना आएगा कि नहीं?''

नानी-माँ को पता नहीं क्या हो गया है। दोनों हाथ आसमान की तरफ उठाकर देखे जाती हैं, रोए जाती हैं...

जब से नानी आई हैं, रोज वही मेरी कंघी करती हैं। पर आज दोपहर हो गई, नानी ने मेरे बाल नहीं सँवारे। दोपहर को माँ ने अंदर बुलाया, और खुद मेरी कंघी करती हुई मुझे पूछने लगी, ''तूने सचमुच कभी भूत देखा था कि ऐसे

ही तुझे कोई सपना आता था, और तू डर जाती थी?"

"वह दिखता नहीं, मेरे जिस्म पर हाथ लगाता है···" यह बात आगे भी मैंने कई बार माँ को बताई है, फिर बताई।

और फिर मैं चुप हो गई। पापा जाते हुए मुझे बाहर बुलाकर कह गए थे, "आज माँ से भूतों की बातें न करना।"

नहीं करूँगी, पर अब तो माँ को भी पता लग गया है कि भूत सचमुच होते हैं···

[7]

माँ शायद सो गई है। नानी-माँ आँखें बंद करके मंत्र पढ़ रही हैं। पापा अभी कचहरी से वापस नहीं आए।

कई बार अब मुझे डर लगता है, बड़ी जोर की भूख लगती है। कल माँ ने नमकीन मट्ठी खाने को माँगी थी। नानी ने अजवायन डालकर कितनी ही मट्ठियाँ तली थीं, बड़ी स्वादिष्ट, पर पता नहीं कहाँ पड़ी हैं। चाची के पास हमेशा मिठाई होती हैं। माँगनी भी नहीं पड़ती, वह खुद ही दे देती हैं।

चाची के कमरे में गई। कमरा खुला था, पर चाची सो रही थीं। मुझे पता था मिठाई कहाँ रखी होती है, अलमारी को हाथ लगाया ही था कि चाची जाग पड़ीं···

मेरी चीख निकल पड़ी। चाची का मुँह नीले रंग का, और बहुत ही बड़ा···

मैं कमरे में से दौड़कर बाहर आ गई। चाची ने आवाज़ें दीं, पर खड़ी नहीं हुई। दौड़ती गई। माँ के पास, नानी के पास नहीं गई—बाहरले दरवाजे के पास चली गई।

जिस वक्त पापा आए, मैं बाहरले दरवाजे के पास खड़ी थी। रो रही थी।

पापा को शायद ख्याल आया कि माँ को कुछ हो गया था। उन्होंने जल्दी पूछा, "तू क्यों रो रही है? माँ ज्यादा बीमार है?"

"नहीं," कहा, पर पापा को देखकर और भी रोना आ गया, "मुझे डर लगता है, मैं अंदर नहीं जाऊँगी।"

पापा मेरी बाँह पकड़कर मुझे अंदर लिए जा रहे थे, पर मेरी टाँगें काँप रही थीं।

"पापा—अंदर भूत हैं, अंदर ना जाओ। माँ को भी बाहर बुला लो," मैंने

पापा की बाँह खींची। शायद बड़े जोर से, कि पापा खड़े हो गए।

''सच बता, क्या हुआ है ?'' पापा खड़े होकर पूछने लगे।

''आज चाची के कमरे में भूत आया था, वह चाची के मुँह का रंग नीला कर गया है ⋯ पापा,'' मैं बहुत डरी हुई थी, चाची का मुँह दिखे जाता था, दिखे जाता था।

डर रही थी कि पापा मेरा हाथ पकड़कर जबरन मुझे अंदर ले जाएँगे, पर वह खड़े रहे। कितनी देर उन्होंने कुछ नहीं कहा। फिर कहने लगे, ''तुझे कहा था तू पीछे पेड़ों की तरफ ना जाया कर। तू वहाँ क्या करने गई थी ?''

''पापा, अँधेरे में नहीं गई थी, अभी गई थी। पर तुम कहते थे भूत कोई नहीं ⋯'' मैंने कहा तो पापा ने जवाब नहीं दिया।

अब शायद पापा को भी पता लग गया है कि भूत सचमुच होते हैं।

''तूने माँ को बताया है ?'' पापा ने पूछा।

''नहीं, मैं अंदर नहीं गई। मुझे उस कमरे से भी डर लगता है।''

पापा फिर चुप हो गए।

मुझे डर था, पापा गुस्से होंगे। पर वह गुस्से नहीं हुए। कहने लगे, ''तू मेरी बहादुर बेटी नहीं ?''

''हाँ पापा।''

''तुझे पता है ना कि हमारे घर एक बड़ा ही खूबसूरत काका आएगा।''

''हाँ।''

''जब काका आने को होता है, तब सारा दिन बड़ी अच्छी-अच्छी बातें करते हैं, ना डरते हैं, ना रोते हैं।''

''पर सवेरे माँ रोती थी, रात उसके कमरे में भूत आया था।''

''अब नहीं आएगा।''

''मेरे कमरे में भी नहीं आएगा ?''

''नहीं, अब नहीं आएगा।''

''पर आज चाची के कमरे में आया था।''

''अब कहीं भी नहीं आएगा।''

''पापा, आज आप शिव-मंदिर गए थे, सुबह नानी ने कहा था।''

पापा चुप कर गए, पर फिर उन्होंने कहा, ''हाँ।''

मेरा डर कुछ उतर गया। पर एक बार फिर पापा को पूछ लिया, ''अब

सचमुच भूत नहीं आएगा ?"

"नहीं," पापा ने मुझे यकीन दिलाया।

"सुबह नानी-माँ रोती थीं, तो मुझे डर लगा था कि क्या खबर हमारा काका नहीं आएगा।"

"आएगा, पर अगर तू मुझसे एक इकरार करे," और पापा ने कहा, "मैंने तुझे सुबह भी कहा था न कि माँ से भूतों की बात न करना। सो मुझसे इकरार कर, तू अब कभी भी माँ के साथ भूतों की बात नहीं करेगी।"

"दोपहर को माँ ने मेरी कंघी की थी, उस वक्त खुद ही उसने मुझसे भूतों की बात पूछी थी।" मैंने पापा को बताया।

पर पापा ने कहा, "अच्छा, आगे ना कहना। वह पूछे तब भी नहीं। आज की चाची की बात भी नहीं। पता है अब जो तू भूतों की बात करेगी तो फिर हमारा काका नहीं आएगा।"

"नहीं करूँगी," मैंने पापा से इकरार किया।

[8]

पापा ने ठीक कहा था। अब बहुत दिन हो गए हैं, भूत नहीं आता। नानी-माँ को आज गाँव जाना है। उन्हें गाँव से मामा जी का खत आया है। माँ अकेली रह जाएगी, इससे नानी को डर लगता है। पर मुझे अब डर नहीं लगता।

नानी-माँ आज पापा को कह रही थीं कि वह दादी-माँ को गाँव से बुलवा लें। अच्छा हुआ पापा ने ना कर दी। मुझे दादी-माँ अच्छी नहीं लगतीं। माँ ने बताया था कि पहले दादी-माँ यहाँ ही माँ के पास रहती थीं। पर जब मैं पैदा हुई थी तो दादी-माँ गुस्से हो गईं कि माँ ने लड़की क्यों जन्मी थी। लड़का क्यों नहीं जन्मा था। इसलिए गुस्से होकर गाँव चली गईं।

लड़की पैदा हो तो दादी-माँ गुस्से क्यों हो जाती हैं ? माँ कहती थी कि बूढ़ी औरतें ऐसे ही करती हैं। पर नानी-माँ भी तो बूढ़ी हैं, वह माँ से गुस्से नहीं हुईं...

हाय राम ! दादी-माँ यहाँ कभी ना आए।

पर अब जब छोटा मुन्ना आएगा, क्या पता रूठी हुई दादी-माँ मान जाएगी, और फिर यहाँ आ जाएगी... माँ अब भी लड़का क्यों जन्मे ? लड़की क्यों नहीं जन्मती ? फिर दादी-माँ यहाँ कभी नहीं आएगी...

पिछले बरस एक दिन आई थीं। तीर्थ-यात्रा को गई थीं तो रास्ते में यहाँ आ

गई थीं… आते ही फिर लड़ने लगीं। नानी-माँ आते ही मुझे प्यार करने लगती हैं, पर दादी-माँ ने मुझे बुलाया भी नहीं था…

माँ ने उन्हें रोटी परोसकर दी। उन्होंने अपनी लुटिया में से पानी निकालकर सारी थाली पर डाला और फिर रोटी खाने लगीं—माँ कहती थी कि वह तीर्थों का जल था, गंगाजल, उसमें उन्होंने हमारी थाली को पवित्र किया था…

पानी का गिलास उन्होंने खटिया के पैताने के बीच में रखा था, अगर मैं सीधा न करती तो गिलास पाँयत में से नीचे गिर जाता। मैंने गिलास को हाथ लगाया तो दादी-माँ ने सारी रोटी की थाली पटकके नीचे दे मारी—

"चुड़ैल," दादी ने खटिया के साथ रखी हुई अपनी लठिया उठाई तो मुझे लगा जैसे वह मुझे लठिया से मारने लगी थीं। मैं पापा की पीठ के पीछे छुप गई थी। पर दादी गालियाँ देती हुई लठिया पकड़कर कह रही थीं, "इस घर का अन्न-जल मैं नहीं छुऊँगी, तुम इसी चूड़ी-चमारी को रखो।"

माँ रोने लगी थी। पर पापा को गुस्सा चढ़ गया था। पापा उन्हें उसी वक़्त जाकर गाँव की गाड़ी पर चढ़ा आए थे।

बाद में माँ से मैंने पूछा था, "दादी मुझे चूड़ी क्यों क़हती हैं? चमारी भी कहती हैं।"

माँ कहती है—"दादी पागल है…"

दादी इसलिए गुस्से हैं कि मैं लड़की क्यों हूँ। लड़का क्यों नहीं, पर दादी जब छोटी थीं तो वह भी तो लड़की थीं…

आज नानी-माँ ने अजीब बात सुनाई थी। कह रही थीं, लड़के बड़ी किस्मत से जन्मते हैं। नानी-माँ की पाँच बहनें थीं, पर भाई कोई नहीं था। जब उनके घर भाई जन्मा तो सब बहनों ने उसका पेशाब पिया था…

गंदी—मुझे तो सुनकर भी उल्टी आती है। पर नानी-माँ यह बात सुना के हँसती रही थीं। वैसे नानी-माँ गंदी नहीं पर पता नहीं कैसे उन्होंने किसी का पेशाब पी लिया था…

दादी-माँ हर वक़्त गंगाजल अपने पास रखती हैं, गंगाजल पवित्र होता है, पर दादी-माँ अच्छी नहीं लगतीं, नानी-माँ अच्छी लगती हैं।

आज माँ मेरा एक पुराना कुर्ता लेकर काके के लिए छोटा कुर्ता बना रही थी। नानी-माँ कह गई थीं कि वह काके के लिए बड़े सुंदर कपड़े लाएँगी, गोटेवाले। पर माँ कहती है वह काके को पहले नया कपड़ा नहीं पहनाएगी।

पुराना पहनाएगी। काके को पुराना कपड़ा पहनाओ तो वह जीता रहता है···

पर माँ को यह किस तरह पता है कि जरूर काका होगा, अगर लड़की हो गई, जिस तरह मैं थी—फिर ?

जब पापा पूछते थे कि बोल चिड़ी कि काँ ? तो माँ ने बताया था कि चिड़ी का मतलब होता है लड़की, और काँ का मतलब होता है लड़का। मैंने उन्हें कहा था काँ, इसलिए उन्हें पता लग गया कि लड़की नहीं होगी, लड़का होगा।

फिर माँ ने जलेबियाँ खाने को माँगी थीं, तो नानी ने कहा था—जरूर लड़का होगा। लड़की जब पेट में हो तो पापड़ खाने को माँगती है, लड़के जलेबियाँ माँगते हैं···

पर आजकल माँ जलेबियाँ नहीं खाती, जो उसे लड़का चाहिए तो वह रोज जलेबियाँ क्यों नहीं खाती···

माँ ने कल पापड़ खाया था, क्या पता अब लड़की हो। वैसे लड़की हो तो अच्छा है, फिर दादी-माँ नहीं आएँगी।

[9]

पापा ने कहा था पीछे पेड़ों की तरफ नहीं जाना। चाची के घर भी नहीं।

पर चाची ने आज दरवाजे के पास आकर इशारे से मुझे बुलाया था। अँधेरा नहीं था, सो मैं चली गई। डर लगता था, पापा गुस्से होंगे। पर चाची को कह दूँगी कि मैं बहुत देर वहाँ नहीं बैठूँगी।

''चाची, तुम बहुत बीमार हो ?'' देखा चाची बहुत ही पतली हो गई थीं।

''हाँ, इसीलिए गाँव जा रही हूँ। इसीलिए तुझे बुलाया कि एक बार तुझे मिल लूँ।''

''कब आओगी ?''

''पता नहीं।''

''मुझे पता लग गया है, तुम भूतों से डर गई हो।''

''हाँ, नहीं तो···'' चाची रोने लगीं।

''पापा कहते थे, अब भूत नहीं आएगा।''

''अच्छा···''

''तुम्हारे कमरे में आया था ?''

''नहीं।''

''जब···जब एक बार तुम्हारा मुँह नीला हो गया था?''

''तूने देखा था? इसीलिए दौड़ी गई थी?''

''हाँ।''

''भूत ने तुझे मारा था?''

''नहीं।''

''पर वह मुझे मारता था। उसने तेरे बाल भी काटे थे?''

''नहीं, उसने माँ के बाल काटे थे। पर उसने माँ को मारा नहीं था। तुम्हें क्यों मारा?''

''पता नहीं।''

''फिर भी आया था?''

''नहीं।''

''फिर तुम अब क्यों डरती हो?''

''डरती नहीं।''

''फिर जाती क्यों हो?''

''चाची फिर रोने लगीं। पर उसने मेरा मुँह चूमा, कहने लगीं, ''आज मैंने तेरे लिए बादामों का हलवा बनाया है, थोड़ा-सा खा ले।''

''मुझे भूख नहीं थी, पर चाची ने मुझे हलवा खिला दिया।

''चाची, जब हमारा काका आएगा, तुम आओगी?''

''नहीं, पता नहीं···हाँ।''

''चाची अजीब हैं, उन्हें कुछ भी पता नहीं···

[10]

यह दादी-माँ कहाँ से आ गईं; पापा ने बुलाया नहीं था, आप ही आ गईं···

माँ ने भी उन्हें कुछ नहीं कहा कि वह क्यों आई हैं, बल्कि चारपाई पर से उठकर उनके पैरों को हाथ लगाया···

दादी-माँ भी नानी-माँ की तरह साथ ही रो रही हैं और साथ ही हँस रही हैं। माँ से लड़ रही हैं पर पहले की तरह नहीं कुछ और ढंग से कह रही हैं, ''तुम लोगों ने मुझे खबर नहीं दी, मैं तुम्हारी कुछ नहीं लगती? तुमने मुझे जीती हुई को मरी समझ लिया···''

आज उसने कई बार माँ का सिर चूमा है, आज शायद वह मुझे भी प्यार करेंगी···

उसने रूमाल में से कुछ बँधा हुआ, माँ को पकड़ाया है–

"यह क्या है ?" माँ पूछती है।

"यह ताबीज है, लड़के के गले में पहनाएँगे। बस दो दिन इसे बनवाते लग गए, सारा दिन सुनार के पास बैठी रही, नहीं तो जब खबर सुनी थी, उड़कर आ जाती…"

दरवाजे के पास खड़ी थी, हँसी आई। इतनी मोटी दादी छड़ी लेकर चलती हैं… यह कोई परिंदा हैं जो उड़कर आ जातीं ?

माँ ने रूमाल खोलकर देखा–काले धागे में कुछ पीला-सा चमक रहा था।

दादी ने बताया–यह शेर का नाखून है, सोने में मढ़ा हुआ। इससे तेरे बेटे की सात बलाएँ दूर होंगी।

दादी मेरे लिए कभी कुछ नहीं लाईं। नानी-माँ जब भी आती हैं, मेरे लिए बड़ी चीज़ें लाती हैं…

मेरा क्या जाता है, मैं फिर दादी की थाली को हाथ लगा दूँगी। दादी रोटी फेंक देंगी, आप ही भूखी रहेंगी…

गालियों का क्या है, देती रहेंगी, अपनी जबान घिसाएँगी…

[11]

नानी-माँ भी आनेवाली थीं, कल से इंतजार कर रहे थे, पर आज आईं। उसी दिन जिस दिन दादी-माँ आईं। बस दो घंटों का फर्क था।

नानी-माँ ने आते ही सबसे पहले मुझे प्यार किया, दादी-माँ चुपचाप दूर से देखती रहीं… मैंने भी नानी को बड़ा प्यार किया, कुछ दादी को चिढ़ाने के लिए भी…

पर आज दादी-माँ चिढ़ी नहीं। उसने नानी-माँ को गले से लगाया–तो लगा दोनों मिलकर रोने लग पड़ीं, दोनों मिलकर हँसने लग पड़ीं। दोनों एक-दूसरी को बधाई देने लगीं, और दोनों ही मिलकर कहने लगीं, "अजी हमारे भुने हुए दाने उग पड़े।"

किसी को कुछ समझ नहीं आती। मैं एक बार गमले में मट्ठी और पेड़ा बीजने लगी थी, तो माँ हँसती थी, "मट्ठी और पेड़े नहीं उगते।" पर आज दादी भी कहती हैं, और नानी-माँ भी कि उनके भुने हुए दाने उग गए। पर इनके खेत कहाँ हैं ?

मैं दयाली को कहूँगी किसी दिन भट्ठी से दाने भुनवाकर लावे, फिर बीज के देखूँगी…

पापा आ गए। दादी-माँ, नानी-माँ की लाई हुई चीजों को निकाल-निकालकर देखतीं और छोटे मुन्ने के कुर्तों को चूमती खूब हँस रही थीं। पापा आए तो सबकुछ छोड़कर उनका सिर चूमने लगीं, साथ ही रोने लगीं—"अरे मैं इस दिन के लिए सारी उम्र तरसती रही, तेरी माँ थी, माँ क्या बैरन थी, तूने मुझे खबर न दी। सात बेगानों को खबर हो गई, मैंने लोगों के मुँह से सुना, पर तूने मुझे दो पैसे का कार्ड न डाला।"

पापा कह रहे थे, "अच्छा, अच्छा, रो ना, सोचा था तुम्हारे पोते को लेकर हम खुद गाँव आएँगे, और तुम्हें मनाएँगे।"

"अरे मैं कोई रूठी हुई थी, यह तो भगवान रूठा हुआ था…"

आज दादी-माँ और ही तरह की दादी-माँ लग रही हैं। पिछली बार इतनी रूठकर गई थीं और अब कहती हैं, मैं रूठी ही नहीं थी, यह तो भगवान रूठा हुआ था…

क्या भगवान भी रूठ जाता है?

जरूर रूठा हुआ होगा, तभी तो हमें काका नहीं देता था। पर पापा ने उसे मना लिया…

सोचा था आज जब दादी रोटी खाने लगेंगी, मैं उनकी थाली छू लूँगी। दादी सारी रोटी फेंक देंगी, फिर भूखी रहेंगी। पर आज दादी-माँ इतनी खुश हैं जितनी कभी नहीं होती थीं, सभी खुश हैं। सो आज उनकी थाली नहीं छुऊँगी…चलो वह जी भरकर रोटी खा लें…

रोटी अभी पक रही थी, माँ चारपाई पर लेटी हुई थीं, दादी-माँ उसे धीरे-धीरे दबा रही थीं, कि पापा दादी-माँ से बातें करते उसे हवेली के पीछे बड़े-बड़े पेड़ों के पास ले गए।

अब अँधेरा छाया हुआ था। मैंने पापा को आवाज़ दी। पापा पेड़ों के पास ना जाओ। पर पापा ने मेरी आवाज़ नहीं सुनी। मैं उनके पीछे गई। उन्हें कहने के लिए, पर पापा ने इतनी देर में पेड़ों के पास से गुजरकर चाची का कमरा खोल लिया, और दादी को लेकर उस कमरे में चले गए।

मैं कमरे में नहीं गई, मुझे लगा—मैं कमरे में जाऊँगी, तो दादी गुस्से होंगी, बाहर अँधेरा था, पर मुझे डर नहीं लग रहा था। मैं खिड़की के पास थी, अंदर

सामने पापा खड़े थे, और वह कमरे में पड़ी लालटेन जला रही थीं···

''आज मैंने तुम्हें एक बात बतानी है। इसीलिए तुम्हें यहाँ लाया हूँ,'' पापा कह रहे थे, ''खुशी का मौका है, तुम ऐसे ही रंग में भंग न मिला देना। इसीलिए तुम्हें कह रहा हूँ—तुम लड़की को ऐसे ही हर वक्त चूड़ी-चमारी न कहा करो।''

सो यह मेरी बात थी। दादी-माँ और किसी को कुछ नहीं कहतीं। वह चूड़ी-चमारी सिर्फ मुझे कहती हैं···

आगे दादी कह रही थीं, ''अरे मुझे तुम्हारे दुख से दुख नहीं, मेरा कलेजा सुलगता है तो कहती हूँ।''

''पर वह मेरी बेटी है, मेरी बेटी···'' पापा दादी को बता रहे थे।

यह पता नहीं बतानेवाली कौन-सी बात थी, यह तो मुझे भी पता था, सबको, दादी को भी···

दादी कह रही थीं, ''यह तो मैं भी जानती हूँ, पर मुँह से कहने से क्या होता है··· खून तो बेगाना है पता नहीं किसी चूड़े का कि चमार का··· तुमने न जात पूछी न पात बस, झोली में डाल ली।''

पेड़ साँय-साँय कर रहे थे—बड़ी जोर से मेरे कानों में···

पापा कह रहे थे, ''तुम्हारी जात-पात रखने के लिए मैंने गुनाह किया, मैं तुम्हें यही कह रहा हूँ। यह मेरी बेटी है, मेरा अपना खून···''

''हैं रे सच कह रहा है?'' दादी की आवाज बड़ी ऊँची थी, जैसे उसमें बड़ा जोर आ गया हो···

पापा कह रहे थे, ''तुम मेरी माँ हो, माँ के आगे झूठ नहीं बोल सकता।''

दादी कह रही थीं, ''पर तू तो कह रहा था कि इसे पैदा करके कोई हस्पताल में दे गया था···''

पापा कह रहे थे, ''तो और क्या कहता, इसकी माँ को क्या कहता। उसे सच कहता तो क्या वह इसे बेटी की तरह पालती?''

मुझे कुछ समझ नहीं आ रहा था, पर लगा दादी-माँ को समझ आ रहा था—वह कह रही थीं, ''अगर यह बात थी तो तू तब ही मेरे कान में डाल देता, मैं ऐसे ही लड़की को झिड़क-झिड़ककर परे फेंकती रही।''

पापा कह रहे थे, ''तुमसे डर लगता था, सोचता था, तुम्हारे पेट में बात नहीं पचेगी··· अब पोते की खुशी में कसम खाओ कि मुँह से नहीं निकालोगी।''

दादी रोने लगीं, ''अरे अक्लमंद मुझे तभी बता देता, तो लड़की को झोली में

बिठाती। मैं ऐसे ही गाँव जाकर रुलती रही, यहाँ बैठी राज करती।''

पापा कह रहे थे, ''सोचा तो कई बार था, पर हौसला नहीं पड़ता था···इसकी माँ को कुछ पता नहीं···''

फिर चुप्पी-सी छा गई—मेरे बाहर भी, मेरे अंदर भी।

लगा मेरे सिर को चक्कर आ रहे थे। मैं खिड़की के पास खड़ी थी, वहीं पैरों के भार बैठ गई, दीवार के सहारे···

मैं··· मैं कौन हूँ? ···दादी को भी पता नहीं··· माँ को भी पता नहीं···

आवाज आई, दादी पूछ रही थीं, ''इस लड़की की माँ कौन है?''

पापा कह रहे थे, ''बस यह बात रहने दे, यह ना पूछ, यह मैं किसी को ना बताऊँगा।''

मैं काँपती-सी खिड़की के पास फिर खड़ी हो गई। दादी पूछ रही थीं, ''इसकी माँ जीती है?''

पापा कह रहे थे, ''हाँ जीती है, पर मेरा-उसका कोई संबंध नहीं। उसने लड़की पैदा कर दी, मैं घर ले आया। उसे खर्च देता हूँ, जब तक जीती रहेगी, दूँगा। उससे मैंने यही इकरार किया था, इकरार पूरा करूँगा।''

मेरी माँ···?

कुछ समझ नहीं आया, पर कुछ आया। यह जरूर लगा—कि अब मुझे यहाँ नहीं खड़े होना चाहिए।

नहीं—पापा को नहीं बताऊँगी कि मैंने कोई बात सुनी थी···

मैं अकेली अँधेरे में वापस आ गई···

शायद रो रही थी—नानी-माँ ने पूछा, ''हा, मैं मर जाऊँ क्या हुआ?'' फिर खुद से मेरे पास आकर मेरे माथे को हाथ लगाया, ''जिस्म गर्म लग रहा है···''

''कहाँ थी? पेड़ों के नीचे? तुझे कितनी बार कहा है शाम को पेड़ों के नीचे नहीं खडे होते···''

फिर पता नहीं—नानी ने मेरी चारपाई बिछाई कि दयाली ने···

सिरहाना भी बड़ा गर्म है, खेस भी···दादी मुझे जगाती क्यों हैं? सोने नहीं देतीं···नहीं दूध नहीं पीना···पापा दूध में बड़ा मीठा पड़ा हुआ है···माँ···

[12]

मैं इस पेड़ पर किस तरह आ गई… कितना बड़ा पेड़ है… पेड़ों पर भूत होते हैं… पापा मैं भूत हूँ… नहीं मुझे हाथ न लगाओ… माँ कहाँ है ? …जीती है ? पेड़ पर आम लगे हुए हैं… तोड़ूँ… यह आम पापा का… पापा यह काका कहाँ से आ गया… यह आम काके का… हाय पापा मेरे बाल टहनी में फँस गए… गोटेवाली चुनरी भी… देखो पापा, पेड़ पर कौआ बैठा है… कौआ तो काका होता है… मैं चिड़ी…

[13]

'लड़की ने आठ दिनों बाद आँख खोली है… बड़ा तेज बुखार था…'' दादी मिनट-मिनट बाद मेरे पास आती हैं, कभी पैरों पर चादर दे जाती हैं, कभी पानी पिलाती हैं कभी चाय, कभी दवाई।

नानी पता नहीं कहाँ हैं ?

पापा ने अभी मुझे थर्मामीटर लगाया था। कह रहे थे अब कोई बुखार नहीं। पर कहते थे—चारपाई पर से नहीं उठना।

माँ कहाँ है ?

उस दिन पापा ने दादी को एक बात बताई थी, कहते थे—किसी को ना बताना… मुझे पता है—पापा मेरे पापा हैं, पर माँ कहाँ गई ? यह माँ नहीं, और माँ…

उस दिन दादी ने पूछा था—इसकी माँ जीती है ? पापा कहते थे, ''जीती है''. पर क्या पता अब मर गई हो…

अगर जीती है तो यहाँ क्यों नहीं आती ?

पापा बताते नहीं। वह बताते क्यों नहीं ?

''बस अब बुखार उतर गया मेरी बेटी का,'' पापा फिर आए हैं, पूछते हैं, ''भूख लगी है ?''

''नहीं पापा, माँ कहाँ है ?''

''माँ काके के पास, हमारा काका आ गया है, तेरा छोटा-सा भइया—''

''काका आ गया ? कहाँ ?''

चारपाई पर से उठकर जाने लगी, तो पापा ने फिर चारपाई पर लिटा दिया, "आज उठेगी, तो फिर बुखार हो जाएगा। आज नहीं कल…"

"काका सुंदर है?"

"तेरे-जैसा।"

पापा चले गए। पापा को पूछना था पर पूछा नहीं। पापा से डर लगता है। यह माँ काके की माँ है, मेरी माँ…?

[14]

काका बड़ा ही सुंदर है, बड़ा ही छोटा, मैंने हाथ लगाकर देखा था—बड़ा ही नर्म-सा, रेशम जैसा।

माँ ने मुझे अपने पास बुलाकर प्यार किया, फिर पापा को कहने लगी—"देखो, तुमने मेरी बेटी को कमजोर कर दिया है…"

मैं कितनी देर तक पापा की तरफ देखती रही—लगा जैसे उस दिन पापा ने दादी को सब कुछ झूठ बताया था। उस दिन पापा ने कहा था कि मेरी माँ कोई और थी, पर यह माँ मुझे पापा से भी ज्यादा प्यार करती है। अगर मेरी माँ नहीं तो फिर प्यार क्यों करती है…पापा झूठ क्यों बोलते हैं?

पर दादी-माँ अब मुझे प्यार क्यों करती हैं? पहले कभी नहीं करती थीं। आज कहती थीं—तुझे चाँदी की पाजेब ले दूँगी, और सोने की अँगूठी।

[15]

पापा कहते थे अब भूत नहीं आएगा… हाय माँ…पापा…भूत…

"हाय रे राम, मेरी आँतें कट रही हैं…"

यह तो नानी-माँ की आवाज है। नानी-माँ रो रही हैं, "नानी-माँ तुम्हारे पास भूत आया था?"

"अरी मेरा कलेजा किसने काट लिया?" दादी-माँ चीखें मार रही हैं। "दादी-माँ! तुमने भूत देखा है?"

पापा बोलते नहीं, सामने खड़े हुए हैं…"बोलते नहीं पापा, तुम्हें क्या हो गया?"

"हाय री, यह हवेली मेरी बेटी को खा गई…" नानी-माँ अपना सिर दीवारों से मार रही हैं…

"पापा तुम बोलते नहीं... हाय पापा... काका रो रहा है, माँ को कहो काके को दूध दे..."

पापा काके को उठाकर रोने लगे हैं...

दयाली मेरी बाँह पकड़कर मुझे माँ के कमरे में से बाहर खींच रही है...

"तेरी माँ मर गई उर्मि... अच्छी-भली सोई मर गई..." दयाली मुझे बरामदे में ले जाते हुए कह रही है।

"माँ..." मैं दयाली से बाँह छुड़ाकर माँ की चारपाई की तरफ दौड़ी...

माँ बोलती नहीं, हिलती नहीं, देखती भी नहीं...

[16]

"पापा—माँ कहा गई?"

"उर्मि, यह दवा पी ले, अभी सो जा, तुझे फिर बुखार चढ़ा हुआ है?"

"पापा, काका कहाँ है?"

"सो रहा है!"

"माँ?"

पापा फिर नहीं बोलते।

"पापा, यहाँ बड़े लोग आए थे, रोते थे, वह कहाँ गए?"

"अपने घर चले गए।"

"पर यहाँ आकर रोते क्यों थे?

"तेरी माँ..."

"पापा! दयाली कहती थी—माँ मर गई।"

पापा ने जवाब नहीं दिया। खड़े हुए थे, मेरी चारपाई पर बैठ गए। फिर कितनी देर मेरी तरफ देखते रहे। फिर दरवाजे की तरफ देखते रहे।

"उर्मि, तुझे अच्छी तरह याद है कि परसों तूने भूत देखा था?" पापा ने अचानक मुझसे पूछा।

"हाँ, पापा! पर तुम कहते थे अब भूत नहीं आएगा।"

"अच्छी तरह याद कर।"

"हाँ पापा, मैं सो रही थी, उसने सिर पर हाथ रखा था, मैं जाग गई—मैंने चीखें मारी थीं...?"

"तूने आँखें खोली थीं कि नहीं।"

"खोली थीं, पापा, बड़ा अँधेरा था।"

"तुझे दिखा था कि नहीं?"

"नहीं पापा..."

पापा फिर चुप हो गए।

"पापा! वह माँ के कमरे में भी आया था?"

"हाँ।"

"तुमने देखा था?"

"नहीं।"

"माँ को भूत ने मार डाला है?"

"हाँ।"

"वह मुझे भी मार डालेगा?"

"नहीं।"

पापा को कुछ पता नहीं, कभी हाँ कह देते हैं कभी नहीं।

[17]

माँ के कमरे में अब माँ कोई नहीं। वहाँ अब सिर्फ काका है। नानी और दादी।

पापा अब मेरे कमरे में सोते हैं। सारा दिन भी यहीं रहते हैं, कचहरी नहीं जाते।

नानी-माँ कहती हैं—डॉक्टरनी ने उलटी दवाइयाँ दे दीं।

दादी कहती हैं...हमारे दिन उल्टे थे।

डॉक्टरनी रोज आती है, काके को देख जाती है। आज दयाली पापा को कह रही थी, "मालिक, यह पक्की हवेली है, आप चाहे न मानो, यहाँ कोई प्रेत रहता है। लड़की को कितने बरस हो गए हैं, यह रात को चीखती है। मालकिन अच्छी-भली सोई थीं, उनकी साँस खींची गई। अब बेटे की खैर मनाओ, यह हवेली छोड़ दो।"

पापा ने कहा था, "अच्छा।"

माँ भी तो कहती थीं। मैं इस हवेली में नहीं रहूँगी। पर पापा ने माँ की बात नहीं मानी थी। माँ कहती थीं, "मुझे हवेलियाँ नहीं चाहिए, फूस की झोंपड़ी बना दो।"

नानी भी कहती थीं—यह हवेली मेरी बेटी को खा गई। पापा उस दिन दादी से कहते थे कि मेरी माँ यह नहीं… मेरी माँ और है…। मेरी माँ कहाँ गई, क्या पता उसे भी हवेली ने खा लिया था…

पापा सो रहे हैं, सब सो रहे हैं, मुझे नींद नहीं आती…

पापा कहाँ चल दिए? अभी सो रहे थे… चारपाई से उठकर कहाँ चल दिए? इतने अँधेरे में…

मुझे अकेली को और डर लगेगा, पापा कहाँ गए?

पापा दरवाजे से बाहर चले गए। मुझे बहुत डर लगा। उठकर चारपाई पर बैठ गई। फिर बाहर जाकर देखा, पापा नहीं दिखे। पापा अभी यहाँ थे, कहाँ गए?

दयाली की चारपाई के पास से गुजरकर मैं बाहर आई—कोई पेड़ों की तरफ जा रहा था। पापा पेड़ों की तरफ जा रहे थे…

मैं कितनी देर तक वहाँ खड़ी रही। देखती रही—पापा पेड़ों में से होकर चाची के कमरे में चले गए…

मेरे पैर काँप रहे थे, टाँगें भी—पर पापा के पीछे चली गई…

चाची के कमरे में दीया जल रहा था। दरवाजा बंद था, पर खिड़की में से दिख रहा था—पापा वहाँ खड़े थे।

चाची तो यहाँ नहीं थीं, कब आईं, पता नहीं। वह पापा को कह रही थीं—"बैठो।"

पापा उसी तरह खड़े रहे। बोले भी नहीं, बैठे भी नहीं।

चाची कह रही थीं, "तुम्हें बेटे की बधाई देनी थी पर अब क्या दूँ। माली से बुरी खबर सुनी।"

पापा कहने लगे—"जो होना था हो गया।"

"अच्छा, लड़का जीता रहे," चाची कह रही थीं।

पापा हँसने लगे, इतनी जोर से कि मुझे डर लगने लगा। फिर कहने लगे, "तुम चाहती हो कि लड़का जीता रहे?"

"मैं कोई तुम्हारी दुश्मन हूँ?" चाची रोने लगी थीं।

पापा कह रहे थे, "मेरी नहीं, लड़के की, और लड़के की माँ की।"

चाची और भी रोने लगीं, कहने लगीं, "तुम्हें वहम हो गया है।"

पापा ने चाची को जोर से एक लात मारी, एक बार चाची की चीख निकली,

फिर वह जमीन पर बैठ गईं। पापा कह रहे थे, ''जिस दिन तूने उसके बाल काटे थे, उसी दिन मुझे वहम हो गया था!''

हाय राम! —क्या चाची ने माँ के बाल काटे थे?

पापा कह रहे थे, ''मैंने समझा था तू उस दिन की मार से सीधी हो जाएगी।''

क्या उस दिन पापा ने चाची को मारा था, जब चाची का मुँह नीला हो गया था? पर चाची कहती थीं कि भूत आया था…

पापा कह रहे थे, ''मैंने कितनी बार तुझे समझा दिया था कि रात को उर्मि के कमरे में न जाया कर…''

हाय राम! क्या चाची मेरे कमरे में आकर मुझे डराती थीं? चाची भूत हैं?…

चाची रो रही थीं—कह रही थीं—''यह मेरे बस की बात नहीं, रात को मेरे दिल में हौल पड़ता है, मेरा जी करता है, उसे छाती से लगाकर सोऊँ, वह मेरे पेट से जन्मी है…''

हाय राम—यह चाची मेरी माँ हैं…''

मैं काँपती-काँपती जमीन पर बैठ गई…

पापा ने शायद फिर चाची को मारा, कुछ आवाज-सी आई, पता नहीं…

फिर पापा की आवाज आई, ''अब बता तू क्या चाहती है?''

वह रो रही थीं, ''कुछ नहीं।''

पापा कह रहे थे, ''मैंने तुझसे कभी कुछ नहीं बोला। तुझे पहले दिन ही कहा था कि तेरा-मेरा कोई संबंध नहीं। मैं अपनी बेटी अपने पास रखूँगा। तू उसे कभी नहीं बताएगी कि वह तेरी बेटी है।''

''मैंने उसे कभी नहीं बताया,'' वह कह रही थीं।

पर पापा कह रहे थे—''तूने दो सौ रुपया महीना माँगा था, मैं हर महीने तुझे देता हूँ। तू गाँव रहना नहीं चाहती थी, यहाँ रहना चाहती थी कि तू अपनी लड़की को देख सके। मैंने तुझे यहाँ रखा…''

चाची ने क्या खबर पापा के पैरों पर सिर रखा हुआ था, कह रही थीं; ''तुम्हारे पैरों पर सिर रखती हूँ, मैं कब कहती हूँ कि तुमने वचन नहीं निभाया… मैं कुछ नहीं कहती, कुछ नहीं माँगती… मेरी बात तो सुनो…''

पापा कह रहे थे, ''कुछ नहीं माँगती सिर्फ मेरे बेटे की जान माँगती है,

उसकी माँ की जान··· पर आज मैं तेरी बकवास सुनने के लिए नहीं खड़ा हूँ, माली को भेजकर तुझे गाँव से बुलाया है, पता है क्यों ?''

चाची की आवाज नहीं आई। पापा की आई, ''तुझे पुलिस के हवाले करने के लिए।''

''पुलिस···क्यों···?''

''तूने उसे जहर दिया है।''

''जहर···मैं···मैं किस तरह उसे जहर दे सकती थी ? मैं गाँव में थी, तुमने मुझे गाँव भेजा था···''

''गाँव भेजकर मैंने तुझे कोई बाँध रखा था ? तू यहाँ आई थी, सबसे चोरी···''

''नहीं तो।''

''तू रसोई में गई थी, उसके लिए जो सौंफ का और इलायची का पानी उबल रहा था, तूने उसमें···''

''नहीं···नहीं···नहीं···''

''तुझे पता था कि वह पानी सिर्फ वह पिएगी।''

''नहीं···नहीं···''

''पर तुझे शायद यह पता नहीं था कि उस बचे हुए पानी को मैं टेस्ट करवा लूँगा···''

चाची की आवाज नहीं आई। पापा की आई, ''तुझसे रहा नहीं गया, तू उस रात उर्मि के कमरे में भी गई··· मेरे पास सब सबूत हैं···''

माँ को जहर ?···चाची ने ?···

सोचना चाहा–यह चाची नहीं, मेरी माँ है, पर लगा, मुझे उल्टी आ रही थी···नहीं, यह मेरी माँ नहीं, यह नहीं–कोई और···यह नहीं···

आवाज आई, वह रो रही थी, ''मार दो, अपने हाथों से मार दो, पुलिस के हवाले न करो···''

पापा कह रहे थे, ''तूने समझा था, मरनेवाली मर गई, अब उसकी जगह···तू···'' और पापा बहुत जोर से हँस रहे थे।

पापा की हँसी से बड़ा डर लगता है···

मुझे नहीं पता–मैं किस वक्त वहाँ से उठी थी, किस वक्त अपने कमरे में आई थी, किस वक्त सो गई थी···

जिस वक्त आँख खुली, धूप चढ़ आई थी। पापा मुझे थर्मामीटर लगा रहे थे, कह रहे थे, "दयाली, माली को कहो, डॉक्टर बुलाए, बहुत तेज़ बुखार है..."

फिर सिपाही आ गए...बहुत से सिपाही...चाची आगे-आगे दौड़ती थीं, सिपाही पीछे-पीछे...चाची...नहीं माँ...नहीं—माँ नहीं...फिर वह काके के पास आईं, और चारपाई पर से काके को उठाकर दौड़ गई...काका रोए जाता है... फिर एक सिपाही ने उससे काके को छीन लिया...पापा काके को चुप करा रहे हैं...

हाय मेरी बाँह में सुई ना चुभाओ...नहीं, यह दवाई नहीं पिऊँगी—कड़वी जहर...इसमें जहर है...

[18]

दयाली ने गीले कपड़े से मेरा जिस्म पोंछा है। नानी-माँ ने नई कमीज निकाल कर दी है—पहन लूँ।

"लड़की की बदी थी—बच गई...नहीं तो कोई हाल था..." दादी-माँ कह रही हैं।

"माँ का हेरवा खा गई," नानी-माँ कह रही हैं।

एक बार पूछती हूँ, "पापा कहाँ हैं?"

"आज पहले दिन कचहरी गए हैं...कितने दिन तेरे सिरहाने के पास बैठे रहे," दादी कहती हैं।

फिर पूछती हूँ, "काका?"

"अभी दूध पिया है, सो गया है। जागेगा, फिर तुझे दिखाऊँगी," नानी-माँ कहती हैं।

कुछ और भी पूछना चाहती हूँ—पता नहीं क्या...पर पूछती नहीं।

"लड़के को अकेला न छोड़ो, उसके पास बैठो..." दादी नानी को कह रही हैं। फिर खुद ही उठकर जाती हैं। नानी भी उसके पीछे चली जाती हैं।

दयाली कहती है, "तुझे बड़ा तेज बुखार था, तुझे बुखार में सिपाही दिखते रहे..."

पूछती हूँ, "यहाँ सिपाही आए थे?"

दयाली बताती है, "नहीं, यहाँ क्यों आने थे..."

"चाची..."

दयाली पहले चुप रहती है, फिर कहती है—

"तुझे एक बात बताऊँ ? वहाँ पिछले कमरे में चाची रहती थी न···फिर वह गाँव चली गई थी···कल सुना है कि वहाँ वह गाँव की नहर में डूब गई···"

मैं चुप करके चारपाई पर लेट गई हूँ···एक बार सोचकर देखती हूँ—रात को एक भूत किस तरह मेरे सिर पर हाथ रखा करता था, मैं डरती थी, पर अब सोचकर भी डर नहीं लगता···कुछ भी नहीं होता···

सिर पर कुछ बोझ-सा लगता है—पर देखती हूँ मेरी अपनी बाँह ही मेरे सिर पर पड़ी हुई है···

ये छह कहानियाँ

औरत और मर्द का रिश्ता कितना भी उलझा हुआ हो, फिर भी सीधा होता है। स्वाभाविक। एक प्राप्ति का अहसास उसकी रगों में है–सिर्फ मिलन में नहीं, विरह में भी, और तसव्वुर में भी। उसकी बुनियाद में जिस्मानी जरूरतें होती हैं, इसलिए वह अपने अलगाव में भी कहीं-न-कहीं जुड़ा रहता है, और उसका टूटकर भी अटूट रहना, उसे बड़ी-से-बड़ी कुर्बानी का बल देता है। उसमें कतल जैसा कर्म भी दर्द से रीता नहीं होता, और इसीलिए वह नज़्म भी बनता है और कहानी भी।

पर औरत और औरत का रिश्ता, माँ और बेटी के रिश्ते को छोड़कर, सीधा नहीं होता, किसी मर्द के माध्यम से होता है। इसलिए उसमें एक की प्राप्ति अक्सर दूसरे की अप्राप्ति बन जाती है और इसीलिए वह उलझ जाता है तो उसका तार फिर हाथ में नहीं आता। टूट जाता है तो उसमें दर्द का गौरव नहीं होता। उसमें न उम्र का दावा होता है न एक शह का। (माँ और बेटी का रिश्ता एक उम्र जितना लंबा होता है, चाहे मानसिक तौर पर उसमें एक पीढ़ी का फर्क होता है। पर उसकी बुनियाद अलग है–उसमें एक, दूसरी की अपनी रचना होती है) सो औरत और औरत का रिश्ता नज़्म नहीं बनता, कहानी नहीं बनती। पर यह भी हकीकत है कि वह हर जगह हाजिर होता है। उम्र का कोई हिस्सा नहीं जिससे उसका वास्ता नहीं पड़ता।

मैंने औरत और औरत के रिश्ते को लेकर छह कहानियाँ लिखी हैं–इस रिश्ते को कोई राह या आदर्श देने के लिए नहीं। सिर्फ यह जैसा भी है, उसे उसी रूप में देखने के लिए।

पहली कहानी—आज से पच्चीस बरस पहले मैंने आँखों से देखी थी। जहाँ घटी थी। वहाँ गाने के लिए आई हुई लड़कियों में मैं भी बैठी थी। पर यह कहानी मुझसे पच्चीस बरस तक न लिखी गई। इसमें दो औरतों का दर्द था, पर एक का दर्द दूसरी के दर्द से टूटा हुआ और दर्द का एक टुकड़ा, दर्द के दूसरे टुकड़े को समझने में असमर्थ। दोनों टुकड़े अपना स्वरूप माँगते थे, और अपना-अपना वजूद माँगते थे—एक-दूसरे से नहीं, कहानी कहनेवाले से। और आज पच्चीस बरस बाद मुझे लगा कि मैं यह कहानी कह सकती हूँ।

दूसरी कहानी—कर्म और प्रतिकर्म की सीधी कहानी है। यह माँ और बेटी के बीच है। इसलिए इसकी एक राह जब घबराकर दूसरी राह से अलग होती है, दर्द की पहचान में से होती है।

तीसरी कहानी—दो औरतों के उस रिश्ते के बारे में है जो अटल है, और जिसके कारण यह रिश्ता होता है, दोनों उसकी खैरख्वाह। दोनों की मुराद एक ही, और दोनों की जरूरत भी एक—उस तीसरे की सलामती। पर···यह उस 'पर' की कहानी है जो हमेशा कुछ-न-कुछ इस रिश्ते के साथ लगा रहा है।

चौथी कहानी—मर्द को मोहने के, जीतने के और उसे हासिल करने के दो अलग-अलग दृष्टिकोणों की, दो औरतों के रूप में एक स्टडी है।

पाँचवीं कहानी—एक केस हिस्टरी है। एक साइकेटिस्ट की फाइल में पड़ी हुई। यह एक परवर्ट माइंड की स्टडी है। घटनाओं का क्रम और उनकी तशरीह, पात्र की अपनी जबानी।

और छठी और आखिरी कहानी एक अँधेरे के कमंडल की व्यथा है।

—अमृता प्रीतम

दो औरतें [1]

उसे अब नीलम कोई नहीं कहता था, सब शाह की कंजरी कहते थे।

नीलम को लाहौर हीरामंडी के एक चौबारे में जवानी चढ़ी थी। और वहाँ ही एक रियासती सरदार के हाथों पूरे पाँच हजार में उसकी नथ उतरी थी। और वहाँ ही उसके हुस्न ने आग जलाकर सारा शहर झुलस दिया था। पर फिर एक दिन वह हीरामंडी का सस्ता चौबारा छोड़कर शहर के सबसे बड़े होटल फ्लैटी में आ गई थी।

वही शहर था, पर सारे शहर को जैसे रातोंरात उसका नाम भूल गया हो, सबके मुँह से सुनाई देता था—शाह की कंजरी।

गजब का गाती थी। कोई गानेवाली उसकी तरह मिरजे की 'सद' नहीं लगा सकती थी। इसलिए लोग चाहे उसका नाम भूल गए थे पर उसकी आवाज नहीं भूल सके। शहर में जिसके घर भी तवेवाला बाजा था, वह उसके भरे हुए तवे जरूर खरीदता था। पर सब घरों में तवे की फरमाइश के वक्त, हर कोई यही कहता था, "आज शाह की कंजरीवाला तवा जरूर सुनना है।"

लुकी-छिपी बात नहीं थी, शाह के घरवालों को भी पता था। सिर्फ पता ही नहीं था, उनके लिए बात भी पुरानी हो गई थी। शाह का बड़ा लड़का जो अब ब्याहने लायक था, जब गोद में था तो सेठानी ने जहर खाकर मरने की धमकी दी थी, पर शाह ने उसके गले में मोतियों का हार डालकर उसे कहा था, "शाहनीए! वह तेरे घर की बरकत है। मेरी आँख जौहरी की आँख है, तूने सुना हुआ नहीं कि नीलम ऐसी चीज़ होता है, जो लाखों को खाक कर देता है और खाक को लाख बनाता है। जिसे उलटा पड़ जाए, उसके लाख के खाक बना देता है। पर जिसे सीधा पड़ जाए उसे खाक से लाख बना देता है। वह भी नीलम है,

हमारी राशि से मिल गया है। जिस दिन से साथ बना है, मैं मिट्टी में हाथ डालूँ तो सोना हो जाती है...''

''पर वही एक दिन घर उजाड़ देगी, लाखों को खाक कर देगी,'' शाहनी ने छाती की साल सहकर उसी तरफ से दलील दी थी, जिस तरफ से शाह ने बात चलाई थी।

''मैं तो बल्कि डरता हूँ—कि इन कंजरियों का क्या भरोसा, कल किसी और ने सब्ज़ बाग दिखाए, और जो यह हाथों से निकल गई, तो लाख से खाक बन जाना है।'' शाह ने फिर अपनी दलील दी थी।

और शाहनी के पास और दलील नहीं रह गई थी। सिर्फ वक्त के पास रह गई थी और वक्त चुप था, कई बरसों से चुप था। शाह सचमुच जितने रुपए नीलम पर बहाता, उससे कई गुना ज्यादा पता नहीं कहाँ-कहाँ से बहकर उसके घर आ जाते थे। पहले उसकी छोटी-सी दुकान शहर के छोटे-से बाजार में होती थी, पर अब सबसे बड़े बाजार में लोहे के जँगलेवाली, सबसे बड़ी दुकान उसकी थी। घर की जगह पूरा मुहल्ला ही उसका था, जिसमें बड़े खाते-पीते किराएदार थे। और जिसमें तहखानेवाले घर को शाहनी एक दिन के लिए भी अकेला नहीं छोड़ती थी।

बहुत बरस हुए, शाहनी ने एक दिन मोहरोंवाले ट्रंक को ताला लगाते हुए, शाह को कहा था—''उसे चाहे होटल में रखो और चाहे उसे ताजमहल बनवा दो, पर बाहर की बला बाहर ही रखो, उसे मेरे घर ना लाना। मैं उसके माथे नहीं लगूँगी!''

और सचमुच शाहनी ने अभी तक उसका मुँह नहीं देखा था। जब उसने यह बात कही थी, उसका बड़ा लड़का स्कूल में पढ़ता था, और अब वह ब्याहने लायक हो गया था, पर शाहनी ने न उसके गानेवाले तवे घर में आने दिए, और न घर में किसी को उसका नाम लेने दिया था।

वैसे उसके बेटों ने दुकान-दुकान पर उसके गाने सुन रखे थे, और जने-जने से सुन रखा था—''शाह की कंजरी।''

बड़े लड़के का ब्याह था। घर पर चार महीने से दर्जी बैठे हुए थे, कोई सूटों पर सलमा काढ़ रहा था, कोई तिल्ला, कोई किनारी, और कोई दुपट्टे पर सितारे जड़ रहा था। शाहनी के हाथ भरे हुए थे—रुपयों की थैली निकालती, खोलती, फिर और थैली भरने के लिए तहखाने में चली जाती।

शाह के यार-दोस्तों ने शाह की दोस्ती का वास्ता डाला—कि लड़के के ब्याह पर कंजरी जरूर गवानी है। वैसे बात उन्होंने बड़े तरीके से कही थी ताकि शाह कभी बल न खा जाए, ''वैसे तो शाह जी की बहुतेरी गाने-नाचनेवाली हैं, जिसे मर्जी हो बुलाओ। पर यहाँ मलकए तरन्नुम जरूर आए, चाहे मिरजे की एक ही 'सद' लगा जाए।''

फ्लैटी होटल आम होटलों जैसा नहीं था। वहाँ ज्यादातर अंग्रेज लोग ही आते और ठहरते थे। उसमें अकेले· अकेले कमरे भी थे, पर बड़े-बड़े तीन कमरों के सैट भी। ऐसे ही एक सैट में नीलम रहती थी। और शाह ने सोचा—दोस्तों-यारों का दिल खुश करने के लिए वह एक दिन नीलम के यहाँ एक रात की महफिल रख लेगा।

''यह तो चौबारे पर जानेवाली बात हुई,'' एक ने उजर किया तो सारे बोल पड़े, ''नहीं, शाह जी ! वह तो सिर्फ तुम्हारा ही हक बनता है। पहले कभी इतने बरस हमने कुछ कहा है ? इस जगह का भी नाम नहीं लिया। वह जगह तुम्हारी अमानत है। हमें तो भतीजे के ब्याह की खुशी मनानी है, उसे खानदानी घरानों की तरह अपने घर बुलाओ, हमारी भाभी के घर...''

बात शाह के मन भा गई। इसलिए कि वह दोस्तों-यारों को नीलम की राह दिखाना नहीं चाहता था (चाहे उसके कानों में भनक पड़ती रहती थी कि उसकी गैर-हाजिरी में कोई-कोई अमीरजादा नीलम के पास आने लगा था)—दूसरे इसलिए भी कि वह चाहता था, नीलम एक बार उसके घर आकर उसके घर की तड़क-भड़क देख जाए। पर वह शाहनी से डरता था, दोस्तों को हामी न भर सका।

दोस्तों-यारों में से दो ने राह निकाली, और शाहनी के पास जाकर कहने लगे, ''भाभी, तुम लड़के की शादी के गीत नहीं गवाओगी ? हम तो सारी खुशियाँ मनाएँगे। शाह ने सलाह की है कि एक रात यारों की महफिल नीलम की तरफ हो जाए। बात तो ठीक है पर हजारों उजड़ जाएँगे। आखिर घर तो तुम्हारा है, पहले उस कंजरी को थोड़ा खिलाया है ? तुम सयानी बनो। उसे गाने-बजाने के लिए एक दिन यहाँ बुला लो। लड़के के ब्याह की खुशी भी हो जाएगी और रुपया उजड़ने से बच जाएगा।''

शाहनी पहले तो, भरी-भराई बोली, ''मैं उस कंजरी के माथे नहीं लगना चाहती,'' पर जब दूसरों ने बड़े धीरज से कहा, ''यहाँ तो भाभी तुम्हारा राज है

वह बाँदी बनकर आएगी, तुम्हारे हुक्म में बँधी हुई। तुम्हारे बेटे की खुशी मनाने के लिए। हेठी तो उसकी है, तुम्हारी काहे की? जैसे कमीन-कुमने आए, डोम-मिरासी, तैसी वह।''

बात शाहनी के मन भा गई। वैसे भी कभी सोते-बैठते उसे ख्याल आता था—एक बार देखूँ तो सही कैसी है?

उसने उसे कभी देखा नहीं था पर कल्पना जरूर की थी—चाहे डरकर, सहमकर, चाहे एक नफरत से। और शहर में से गुजरते हुए, अगर किसी कंजरी को टाँगे में बैठी देखती तो न सोचते हुए ही सोच जाती—क्या पता वही हो?

''चलो एक बार मैं भी देख लूँ,'' वह मन में घुल-सी गई, ''जो उसको मेरा बिगाड़ना था, बिगाड़ लिया, अब और उसे क्या कर लेना है! एक बार चंदरा को देख तो लूँ।''

शाहनी ने हामी भर दी, पर एक शर्त रखी, ''यहाँ न शराब उड़ेगी, न कबाब। भले घरों में जिस तरह गीत गाए जाते हैं, उसी तरह गीत करवाऊँगी। तुम मर्द-मानस भी बैठ जाना। वह आए और सीधी तरह गाकर चली जाए। मैं वही चार बताशे उसकी झोली में भी डाल दूँगी, जो और लड़कियों-वड़कियों को दूँगी, जो बन्ने, सेहरे गाएँगी।''

''यही तो भाभी, हम कहते हैं।'' शाह के दोस्तों ने फूँक दी, ''तुम्हारी समझदारी से ही तो घर बना है, नहीं तो क्या खबर क्या हो गुजरना था।''

वह आई। शाहनी ने खुद अपनी बग्घी भेजी थी। घर मेहमानों से भरा हुआ था। बड़े कमरे में सफेद चादरें बिछाकर, बीच में ढोलक रखी हुई थी, घर की औरतों ने बन्ने-सेहरे गाने शुरू कर रखे थे...

बग्घी दरवाजे पर आ रुकी, तो कुछ उतावली औरतें दौड़कर खिड़की की एक तरफ चली गईं और कुछ सीढ़ियों की तरफ...

''अरी, बदशगुनी क्यों करती हो, सेहरा बीच में ही छोड़ दिया।'' शाहनी ने डाँट-सी दी। पर उसकी आवाज़ उसे खुद ही धीमी-सी लगी। जैसे उसके दिल पर एक धमक-सी हुई हो...

वह सीढ़ियाँ चढ़कर दरवाजे तक आ गई थी। शाहनी ने अपनी गुलाबी साड़ी का पल्ला सँवारा, जैसे सामने देखने के लिए वह साड़ी के शगुनवाले रंग

का सहारा ले रही हो···

सामने उसने हरे रंग का बाँकड़ीवाला गरारा पहना हुआ था, गले में लाल रंग की कमीज़ थी और सिर से पैर तक ढलकी हुई हरे रेशम की चुनरी। एक झिलमिल-सी हुई। शाहनी को सिर्फ एक पल यही लगा—जैसे हरा रंग सारे दरवाजे में फैल गया था।

फिर हरे काँच की चूड़ियों की छनछन हुई, तो शाहनी ने देखा—एक गोरा-गोरा हाथ एक झुके हुए माथे को छूकर आदाब बजा रहा है, और साथ ही एक झनकती हुई-सी आवाज—"बहुत-बहुत मुबारिक शाहनी! बहुत-बहुत मुबारिक···"

वह बड़ी नाजुक-सी, पुतली-सी थी। हाथ लगते ही दोहरी होती थी। शाहनी ने उसे गाव-तकिये के सहारे हाथ के इशारे से बैठने को कहा, तो शाहनी को लगा कि उसकी मांसल बाँह बड़ी ही बेडौल लग रही थी···

कमरे में एक कोने में शाह भी था। दोस्त भी थे, कुछ रिश्तेदार मर्द भी। उस नाजनीन ने उस कोने की तरफ देखकर भी एक बार सलाम किया और फिर परे गाव-तकिए के सहारे ठुमककर बैठ गई। बैठते वक्त काँच की चूड़ियाँ फिर छनकी थीं, शाहनी ने एक बार फिर उसकी बाँहों को देखा, हरे काँच की चूड़ियों को और फिर स्वाभाविक ही अपनी बाँह में पड़े हुए सोने के चूड़े को देखने लगी···

कमरे में एक चकाचौंध-सी छा गई थी। हरएक की आँखें जैसे एक ही तरफ उलट गई थीं, शाहनी की अपनी आँखें भी, पर उसे अपनी आँखों को छोड़कर सबकी आँखों पर एक गुस्सा-सा आ गया···

वह फिर एक बार कहना चाहती थी—अरी बदशगुनी क्यों करती हो? सेहरे गाओ ना··· पर उसकी आवाज गले में घुटती-सी गई थी। शायद औरों की आवाज भी गले में घुट गई थी। कमरे में एक खामोशी छा गई थी। वह अधबीच रखी हुई ढोलक की तरफ देखने लगी, और उसका जी किया कि वह बड़ी जोर से ढोलक बजाए···

खामोशी उसने ही तोड़ी जिसके लिए खामोशी छाई थी। कहने लगी, "मैं तो सबसे पहले घोड़ी गाऊँगी, लड़के का सगुन करूँगी, क्यों शाहनी?" और शाहनी की तरफ ताकती, हँसती हुई घोड़ी गाने लगी, "निक्की निक्की बूँदी निकिया मींह वे वरे, तेरी माँ वे सुहागन तेरे सगुन करे···"

शाहनी को अचानक तसल्ली-सी हुई—शायद इसलिए कि गीत के बीच की माँ वही थी, और उसका मर्द भी सिर्फ उसका मर्द था—तभी तो माँ सुहागन थी⋯

शाहनी हँसते-से मुँह से उसके बिलकुल सामने बैठ गई—जो उस वक्त उसके बेटे के सगुन कर रही थी⋯

घोड़ी खत्म हुई तो कमरे की बोल-चाल फिर से लौट आई। फिर कुछ स्वाभाविक-सा हो गया। औरतों की तरफ से फरमाइश की गई—"ढोलकी रोड़ेवाला गीत।" मर्दों की तरफ से फरमाईश की गई—"मिरजे दियाँ सद्दाँ।"

गानेवाली ने मर्दों की फरमाइश सुनी-अनसुनी कर दी, और ढोलकी को अपनी तरफ खींचकर उसने ढोलकी से अपना घुटना जोड़ लिया। शाहनी कुछ रौ में आ गई—शायद इसीलिए कि गानेवाली मर्दों की फरमाइश पूरी करने के बजाय औरतों की फरमाइश पूरी करने लगी थी⋯

मेहमान औरतों में से शायद कुछ एक को पता नहीं था। वह एक-दूसरे से कुछ पूछ रही थीं, और कई उनके कान के पास कह रही थीं—"यही है शाह की कंजरी⋯"

कहनेवालियों ने शायद बहुत धीरे-से कहा था—खुसर-पुसर-सा, पर शाहनी के कान में आवाज़ पड़ रही थी, कानों से टकरा रही थी—शाह की कंजरी⋯शाह की कंजरी⋯और शाहनी के मुँह का रंग फिर फीका पड़ गया।

इतने में ढोलक की आवाज ऊँची हो गई और साथ ही गानेवाली की आवाज़, "सहे वे चीरे वालिया मैं कहनी हाँ⋯" और शाहनी का कलेजा थम-सा गया—यह सूहे चीरे वाला मेरा ही बेटा है, सुख से आज घोड़ी पर चढ़नेवाला मेरा बेटा⋯

फरमाइश का अंत नहीं था। एक गीत खत्म होता, दूसरा गीत शुरू हो जाता। गानेवाली कभी औरतों की तरफ की फरमाइश पूरी करती, कभी मर्दों की। बीच-बीच में कह देती, "कोई और भी गाओ ना, मुझे साँस दिला दो" पर किसकी हिम्मत थी, उसके सामने होने की, उसकी टल्ली-सी आवाज, हूक-सी आवाज⋯ वह भी शायद कहने को कह रही थी, वैसे एक के पीछे झट दूसरा गीत छेड़ देती थी।

गीतों की बात और थी पर जब उसने मिरजे की हेक लगाई, "उठ नी साहिबा सुत्तीए! उठ के दे दीदार⋯" हवा का कलेजा हिल गया। कमरे में बैठे मर्द बुत बन गए थे। शाहनी को फिर घबराहट-सी हुई, उसने बड़े गौर से शाह

के मुँह की तरफ देखा। शाह भी और बुतों सरीखा बुत बना हुआ था, पर शाहनी को लगा वह पत्थर का हो गया था···

शाहनी के कलेजे में हौल-सा हुआ, और उसे लगा अगर यह घड़ी छिन गई तो वह आप भी हमेशा के लिए मिट्टी का बुत बन जाएगी··· वह करे, कुछ करे; कुछ भी करे, पर मिट्टी का बुत ना बने···

काफी शाम हो गई, महफिल खत्म होनेवाली थी···

शाहनी का कहना था आज वह उसी तरह बताशे बाँटेगी, जिस तरह लोग उस दिन बाँटते हैं जिस दिन गीत बैठाए जाते हैं। पर जब गाना खत्म हुआ तो कमरे में चाय और कई तरह की मिठाई आ गई···

और शाहनी ने मुट्ठी में लपेटा हुआ सौ का नोट निकालकर, अपने बेटे के सिर पर से वारा, और फिर उसे पकड़ा दिया, जिसे लोग शाह की कंजरी कहते थे।

"रहने दे शाहनी। आगे भी तेरा ही खाती हूँ।" उसने जवाब दिया और हँस पड़ी। उसकी हँसी उसके रूप की तरह झिलमिल कर रही थी।

शाहनी के मुँह का रंग हल्का पड़ गया। उसे लगा जैसे शाह की कंजरी ने आज भी सभा में शाह से अपना संबंध जोड़कर उसकी हतक कर दी थी। पर शाहनी ने अपना-आप थाम लिया। एक जेरा-सा किया कि आज उसने हार नहीं खानी थी। और वह जोर से हँस पड़ी। नोट पकड़ाती हुई कहने लगी, "शाह से तूने नित लेना है, पर मेरे हाथ से तूने फिर कब लेना है? चल, आज ले ले···"

और शाह की कंजरी, सौ के नोट को पकड़ती हुई, एक ही बार में हीनी-सी हो गई···

कमरे में शाहनी की साड़ी का, शगुनवाला गुलाबी रंग फैल गया···

दो औरतें [2]

वह और उसकी उम्र मिलकर नहीं चल रही थी। उम्र लगातार और पूरे हिसाब से पैर रख-रखकर चल रही थी, पर वह आप जैसे बिलकुल बेहिसाब हो गई थी। कभी उसे लगता कि वह कई बरसों से एक ही जगह पर खड़ी हुई थी, और उम्र से बहुत पीछे रह गई थी, और कभी उसे लगता कि उम्र एक-एक दिन कर बहुत धीमे चल रही थी, और वह आप उससे कहीं आगे पहुँच गई थी।

पता नहीं वह आगे थी कि पीछे, पर अपनी उम्र का चढ़ता बीसवाँ, बाईसवाँ और चौबीसवाँ साल भी उसने दूर से ऐसे ही देखा, जैसे अब पच्चीसवाँ, और फिर छब्बीसवाँ बरस।

उम्र तप रही थी, पर वह खुद शांत और ठंडी। आज गहराई हुई शाम के वक्त क्लब के बगीचे का घास भी उसकी तरह ठंडा था, सिर्फ़ मेज से कुछ गजों की दूरी पर एक बत्ती का उजाला सुलग रहा था, और मेज पर पड़ा हुआ कॉफी का प्याला गर्म था। उसके पास की कुर्सी पर कोई वह बैठा हुआ था, जिससे वाकिफ कराने से पहले उसके भाई ने उससे कहा था, "सीमा! इतना हसीन आदमी मैंने कभी नहीं देखा, कोई परीजादी भी हो तो उसे देखकर दो बार आँखें झपका ले," और सीमा ने जवाब में हँसकर कहा था, "अच्छा मैं भी आँखें झपकाने की कोशिश करूँगी।"

बाप नहीं था, माँ नहीं थी, इसलिए भाई, बाप की जगह भी था और माँ की भी, और उसका ध्यान बहन की सुलगती उम्र की तरफ था। इससे पहले भी उसने कुछ दोस्तों को उससे वाकिफ़ कराया था, पर उसने चाय का एक प्याला पीने के सिवाय किसी से ज़्यादा वाकफ़ी नहीं की थी, और आज जैसे कोई माँ अंदर जाकर बेटी को मत देती है, भाई ने घर से आते वक्त उससे इकरार लिया

था, और वह राह में अपने इकरार को दोहराती हँसती रही थी—अच्छा, उसके साथ उम्र के कैरियर की बातें करूँगी, उस गेम की भी, जो उसे पसंद हो, उन फिल्मों की भी··· उन किताबों की भी··· उन रंगों की भी···

और उसने अपना इकरार रखा था, बातें करते हुए भाई की तरफ ऐसे भी देखा था—जैसे इकरार रखने की दाद माँग रही हो···

भाई कुछ देर बाद अपने और दोस्तों की मेज़ की तरफ चला गया था, और वह अकेली रह गई थी। चाहे कुछ पल उसके अंतर की ठंड सारे मेज पर छा गई थी, जैसे इकरार को देखनेवाला पास न हो, और उन्हें पूरा करने की ज़रूरत खत्म हो गई हो··· पर फिर उसे लगा था कि वह इकरार को तोड़ने का कसूर कर रही थी··· और उसने बातों की रौ को फिर सँभाल लिया···

उसकी उम्र जलती आग सरीखी थी, पर लकड़ी की आग की तरह नहीं, जिसे हवा का झोंका ऊँचा कर जाए, या कोई फूँक और दहका दे। वह ठंडे शीशे में लिपटी हुई आग की तरह थी, जिससे उसके इर्द-गिर्द उजाला हो जाता था पर जिसके साथ पल्लू छुआने से पल्लू जलता नहीं था···

यह कुछ अहसास-सा शायद उसे भी हुआ जो उसके साथ आज वाकिफ हुआ था। उसने बात करती हुई के मुँह की तरफ कई बार देखा और रीझ-सा गया। यू आर ब्रिलिएंट—बड़ा स्वाभाविक-सा उसके मुँह से निकला था, पर जब अचानक उसके साथ उसका हाथ छू गया तो उसे लगा कि जैसे आग के सेंक की जगह उसका हाथ ठंडे शीशे से छू गया हो···

और फिर शायद उस ठंडे शीशे को तोड़कर आग की लपट को छूने की उसे जिद्द-सी आ गई थी—वह अपने मन को अपनी आँखों में डालकर बार-बार उसकी तरफ देखता रहा था···

अब मेज़ की कुछ गज़ की दूरी पर एक बत्ती का उजाला सुलग रहा था··· मेज पर पड़ी हुई कॉफी का प्याला गर्म था··· मर्दाने होंठों में एक सिगरेट जल रहा था··· और मर्दाने होंठों में एक साँस गर्म हो रहा था···

सीमा कुछ बेचैन-सी हुई—उसने बगीचे की ठंडी घास की तरफ देखा, और अपने मन की ठंडक की तरफ भी। मन की ठंडक से वह देर से वाकिफ़ थी, हरे पत्तों-सी कोमल ठंड से, पर आज उसे लगा जैसे पत्तों की हरियाली कुछ कुम्हला गई हो···

बेचैनी की एक लकीर उसके जिस्म में फिर गई—उसने चौंककर अपने पास बैठे उसकी तरफ देखा जिसके मर्दाने होंठों में सिगरेट जल रहा था, और जिसके मर्दाने होंठों में एक साँस गर्म हो रहा था—और सीमा को लगा, जैसे गहरे हरे पत्ते किसी सेंक के पास पड़े हों...

सीमा कुछ घबरा-सी गई और उसने भाई को उसके दोस्तों की मेज़ से वापस बुला लिया। भाई ने क्लब के बिल पर दस्तखत किए, और जिसकी मुलाकात के लिए यह शाम थी, उससे फिर कभी मिलने का इकरार करके, वह सीमा को घर वापस ले आया।

क्लब से घर का रास्ता लंबा नहीं था, पर सीमा चुप थी और भाई को लगा कि रास्ता बहुत लंबा था...

घर के बाहरले दरवाजे पर सीमा एक पल अटक-सी गई, पैरों की चप्पलों को ज़मीन पर कुछ ऐसे झाड़ा, जैसे साथ कोई उपरली चीज-सी लगी हुई थी—पता नहीं क्लब के बगीचे की कुछ कंकरी थी, या कोई घास-पत्ता, या कोई सोच सी...

और फिर हँसकर उसने अपने भाई को देखा। उसकी हँसी ऐसे थी, जैसे वह अभी-अभी किसी चीज से सुर्खरू हुई हो

बैठक के दरवाजे तक पहुँचते हुए, भाई ने एक ही साँस में कितना-कुछ पूछा। पर यह कितना-कुछ एक ही सवाल था कि सीमा को वह कैसा लगा था ?

वैसे भाई के हर फिकरे में जवाब-सा भी मिला हुआ था, और वह ज्यों-ज्यों उसकी खूबियाँ दोहरा रहा था, सीमा उसकी हाँ-में-हाँ मिला रही थी...

और सीमा मुस्करा रही थी, तकरीबन हँस-सी रही थी। भाई को लगा, कहीं कुछ वह था जो उसकी पकड़ में नहीं आ रहा था। इसलिए उसने फैसले जैसे सीधे लफ्जों में पूछा—

"कल उसे हाँ कह दूँ ?"

"नहीं।"

भाई कुछ हैरान-सा हुआ। एक मिनट सीमा की तरफ देखा, फिर कुछ सोचकर कहने लगा—

"अभी एक-दो बार उसे और मिलना चाहेगी ?"

"नहीं।"

भाई अब चुप होने की हद तक हैरान था। उसके लिए यह चुप आसान नहीं

थी। कुछ जिंदगी के मुश्किल दिनों का तकाज़ा था, कुछ दोनों भाई-बहिन की काफी तालीम का, कि दोनों में दोस्तों-जैसी बेतकल्लुफी थी। पर इस एक पल भाई को लगा जैसे उसके लिए कुछ कहना मुश्किल हो रहा था।

"आज उसे देखकर, तुम्हें बताऊँ मुझे क्या लगा..." सीमा ने अचानक कहा।

भाई को लगा सीमा की आवाज़ कुछ हाँफी हुई थी, जैसे वह अभी, बहुत दूर से चलकर आई हो...

सीमा को अपने-आपको भी लगा—जैसे उसे साँस-सा चढ़ा हुआ था। वह कमरे के कोनेवाली बत्ती के पास एक निवारी कुर्सी पर बैठ गई। कोनेवाली बत्ती के पास माँ की तस्वीर थी, सीमा कुछ देर तस्वीर की तरफ देखती रही, फिर भाई की तरफ मुड़ी—"ना तुम्हें अच्छी तरह याद है, ना मुझे कि हमारे बाप की शक्ल कैसी थी। पर आज उसे देखकर मुझे लगा था कि जैसे मैं..." और सीमा चुप-सी हो गई।

भाई हँसने लगा, "हमारी माँ ने हमारे बाप से इश्क किया था, इसलिए उसके लफ्जों में वह दुनिया का हसीनतर आदमी था...तुम्हारा ख्याल है दुनिया के हर हसीन मर्द की शक्ल हमारे बाप से मिलती है?"

"शक्ल नहीं, मन की हालत," सीमा ने माँ की तस्वीर लकड़ी की चौकी से उठाकर एक बार दोनों हाथों में पकड़ी, देखती रही, और फिर पहली जगह पर रख दिया।

"क्या मतलब?" भाई ने कहा।

"मैं शक्ल की बात नहीं कर रही," सीमा ने कहा, कुछ साँस-सा लिया, और फिर कहा, "पर आज उसमें कुछ था जो मेरे बाप की तरह था...और मेरे में कुछ मेरी माँ की तरह..." और सीमा ने निवार की कुरसी से ऐसे ढो लगाई, जैसे थक गई हो।

"तुम्हारी तबीयत ठीक नहीं सीमा..."

"ठीक हूँ, सिर्फ ऐसे हूँ, जैसे थक गई हूँ।"

"मुझे पहले भी ऐसे लगा था जैसे तुम्हें साँस चढ़ रहा हो।"

"बहुत दूर से चलकर आई हूँ..." सीमा हँस पड़ी, और कहने लगी, "सिर्फ अपनी उम्र के नहीं, माँ की उम्र के भी कई बरस चलकर आई हूँ। तुम्हें सबकुछ पता है..."

भाई ने एक उसाँस-सी भरी, पर कहा—''माँ की किस्मत···हम बहुत छोटे थे, कुछ नहीं कर सकते थे···''

''सिर्फ उसे रोते हुए देखते थे···मैं अब भी सोचती हूँ, काँप जाती हूँ···''

''सिर्फ जो कभी वह हमारे बाप को इतना इश्क ना करती, उसके लिए कुछ भी मुश्किल नहीं था। हमारे ग्रैंड पा के पास इतनी अमीरी थी कि वह···''

''पर उसने ग्रैंड पा की कोई बात नहीं सुनी थी, सिर्फ उसकी सुनी, जिसे उसकी ज़रूरत नहीं थी।''

''वह छोड़कर चला गया, तो भी उसी का इंतजार करती रही···यह उसकी बेबसी थी···''

''मैंने उसे रो-रोकर ज़मीन पर बिलखती हुई देखा था···''

''पर सीमा, इन सारी बातों का अब क्या फायदा···''

''बहुत छोटी थी, जब सोच लिया था कि मैं कभी किसी को मुहब्बत नहीं करूँगी।''

''तुम ब्याह नहीं करोगी? तुमने पहले कभी नहीं बताया।''

''मैंने यही नहीं कहा।''

''फिर?''

''ब्याह करूँगी, पर उस तरह का, जिस तरह का हमारे ग्रैंड पा, हमारी माँ को करने के लिए कहते थे।''

''पर इसका क्या विश्वास है कि वह ज़रूर ठीक होता?''

''मैंने यह नहीं कहा। वह भी गलत हो सकता था। पर वह गलत होता, तो उसका वास्ता सिर्फ एक रस्म से था। पर जिस तरह का माँ ने किया, उसका वास्ता दिल से था···रस्मवाला ब्याह टूटता उसकी मुश्किलें होतीं, उसकी मुसीबतें होती—और मुसीबतें आखिर इंसान झेल गुज़रता है···पर यह···'' सीमा कुछ चुप हुई, कुछ हँसी, और कहने लगी, ''पर इसमें वही कुछ नहीं बचता, जो मुसीबतें झेल गुज़रता है···''

भाई चुप था, हैरान था—जैसे अपनी बहन को किसी जगह से आज पहली बार देख रहा था···

''मैं यही नहीं कहती कि माँ गलत थी, जो कुछ मैं सोचती हूँ वही ठीक है, सिर्फ यह कि माँ के तजरबे को दोहराने की हिम्मत नहीं,'' सीमा फिर हँस-सी पड़ी और कहने लगी, ''मुझे कुछ पूछने की या दिखाने की जरूरत नहीं। तुम

जहाँ ठीक समझो, मेरा ब्याह कर दो । उसके साथ मेरा भी जो फर्ज होगा पूरा करूँगी⋯मैं⋯"

"फिर मेरे कहने⋯इसी के साथ–जिसे आज मिले थे"⋯भाई ने उसकी बात काटकर कहा ।

"नहीं, इसके साथ नहीं⋯" सीमा ने जल्दी से कहा, "इसके साथ मुझे डर है कि⋯" सीमा चुप हो गई–इस तरह जैसे एक कदम चलकर उसने जान लिया हो कि यह वही इश्क की लंबी राह थी, जिस पर कभी उसकी माँ को चलना पड़ा था⋯

और इस राह पर चलने का उसका जेरा नहीं होता था⋯

दो औरतें [3]

वह दोनों एक बार तब भी मिली थीं जब वह ज़िंदा थीं···

तब एक की उम्र बीस बरस थी, दूसरी की चालीस बरस। बात सिर्फ इतनी थी कि जिसकी उम्र बीस बरस थी उसने उस दूसरी की बहू बनने का निश्चय कर लिया था। पर जिसकी चालीस बरस उम्र थी, उसने उस दूसरी की सास बनने से कतई ना कर दी थी।

ब्याह की रस्म हुई थी, पर उसके लिए जिसकी उम्र बीस बरस थी। जिसकी चालीस बरस थी उसके लिए नहीं। सो यह रस्म उसे हमेशा दिखती रही, जिसने इसे आँखों से देखा था। पर यह रस्म उसे कभी ना दिखी जिसने इसे आँखों से देखने से इनकार कर दिया था।

''तू जीते-जी मेरे घर की दहलीज नहीं लाँघ सकती,'' एक फरमान की तरह उसने कहा था जिसकी उम्र चालीस बरस थी।

''तू मुझे मरी हुई समझ ले पर घर की दहलीज लाँघ लेने दे।'' यह उसने मिन्नत की थी, जिसकी उम्र उस वक्त बीस बरस थी।

''मैं जीते-जी तेरा मुँह नहीं देखूँगी, ना जीती का ना मरी का,'' और उसने पैरों के पास झुके हुए माथे को पैरों से परे कर दिया था, और घर की दहलीज जोर-जोर से हँसने लगी थी···

इस दहलीज की हँसी में—पैसे की हँसी भी मिली हुई थी और एक खानदान की ज़िद की हँसी भी। सो यह हँसी भी इतनी ऊँची थी कि जिसकी उम्र तब बीस बरस की थी उसने दोनों कानों पर हाथ रख लिए थे।

कानों पर से हाथ हटाकर उसने कई बार उसकी तरफ देखा था जिसके पीछे यह घर था और घर की दहलीज थी। पर वह तब भी चुप था, फिर भी चुप

रहा। सिर्फ दहलीज तब भी हँसती थी, फिर भी हँसती रही।

और फिर यह दहलीज और भी हँसी—जब एक बारात इस दहलीज से बाहर गई, और एक डोली इस दहलीज के अंदर आई। और जिसकी उम्र तब बीस बरस थी, और जो परे एक स्कूल के क्वार्टर में बैठकर इस दहलीज को देखती थी, उसने इसकी हँसी से डरकर कानों पर हाथ रख लिए।

वक्त था बीतता रहा। और फिर जिसकी उम्र चालीस बरस थी, उसकी साठ बरस हो गई, और जिसकी उम्र बीस बरस थी—उसकी चालीस हो गई। दहलीज की हँसी भी शायद बूढ़ी हो गई थी, वह अंदर देखती तो भी खाँसने लगती, बाहर देखती तो भी खाँसती।

और फिर वह मर गई जिसने दूसरी को हुक्म दिया था कि तू जीते-जी मेरे घर की दहलीज को नहीं लाँघ सकती। और हुक्म देनेवाली अभी दहलीज के अंदर थी, चाहे एक लाश थी, गिर्द संबंधियों की भीड़ थी, केवड़े की महक थी, और ज़री का कफन था—कि उसके हुक्म की उदूली हो गई···

वह दहलीज के अंदर आ गई जिसे आने का हुक्म नहीं था। और उसके पैरों के पास खड़ी हो गई, जिसने हुक्म दिया था। एक का माथा दूसरी के पैरों से छुआ, और ज़री का कफन घबराकर सफेद धोती को देखने लगा···

"यह कौन है?···चुप कर···यह भी उसकी बहू थी···कहाँ रहती थी?···पता नहीं···" रिश्तेदारों में खुसर-पुसर हुई पर ज़री का कफन सफेद धोती को कुछ कह नहीं सकता था।

सफेद धोती एक पल आई, दूसरे पल चली गई। सिर्फ जाती हुई को बूढ़ी दहलीज ने रोका, और पूछा, "तूने उसका हुक्म मोड़ दिया···"

"नहीं।" सफेद धोती ने जवाब दिया, "उसने कहा था तू जीते-जी दहलीज नहीं लाँघ सकती, मैं जीते-जी तेरा मुँह नहीं देखूँगी। मैं तभी मर गई थी, वह आज मरी है। यह तो एक लाश दूसरी लाश से मिलने आई थी।"

फिर सफेद धोती दहलीज के बाहर चली गई और कुछ देर बाद ज़री का कफन भी दहलीज के बाहर चला गया।

बूढ़ी दहलीज कितनी देर माथे पर हाथ रखकर बैठी रही।···

दो औरतें [4]

वह जिस उजले बँगले में रहता था, उसका एक अँधेरा कोना भी था। जिन्हें कुछ पता नहीं था उन्हें वह कोना कभी नहीं दिखता था, और जिस किसी को पता था, वह कभी उस कोने की तरफ देखता नहीं था। इसलिए चाहे पच्चीस बरस हो गए थे, लोगों को इस बँगले की और इस कोने की कहानी पता नहीं थी।

रोटी का एक बड़ा सीधा हिसाब होता है—अमीर को जिस वक्त भूख लगे, गरीब को जिस वक्त जुड़ जाए। सो धनराज ने जब उसकी तनख्वाह अट्ठारह रुपया महीना थी, गरीब की रोटी की तरह जब जुड़ी खा ली थी। उसकी मरती हुई माँ ने इस डर से कि कहीं मेरा बेटा रह ना जाए, किसी गरीब घर की लड़की उसे ब्याह दी थी जो धनराज से सात बरस बड़ी थी। और धनराज ने सब्र और शुक्र के साथ अपना घर बसा लिया था। पर फिर हुआ यह कि वक्त गुज़र जाने के बाद वह एक कस्बे के टूटे हुए वकील का मुंशी ना रहा, वह रात-दिन एक करके एक दिन बड़े शहर का एक बहुत बड़ा वकील हो गया। अब वह अट्ठारह रुपए महीने नहीं अट्ठारह सौ कमाता था। और रोटी के सीधे-सादे वसूल की तरह उसकी भूख जाग पड़ी थी। अब उसे एक बड़ी सुंदर और बड़ी जवान औरत एक दस्तरखान की तरह चाहिए थी।

वह अपनी औरत के साथ जब भी सोता, उसे लगता—जैसे वह एक गरीब-गुरबे की तरह हथेली से प्याज़ तोड़कर रोटी खा रहा था। और उसे एक अमीर आदमी का रोष चढ़ जाता कि इस वक्त जो उसे भूख लगी हुई थी तो उसके सामने कबाब की प्लेट क्यों नहीं थी...

सो एक दिन उसने प्याज़ जैसी औरत को एक कोने में रखकर, भुने हुए कबाब सरीखी औरत कर ली। कबाब की खुशबू सारे बँगले में फैल गई, और

प्याज़ ने मन की तहों को लपेटकर अपने पर खामोशी का छिलका चढ़ा लिया था।

सो यह उस बँगले और उस कोने की दास्तान थी, जो किसी को पता नहीं थी। वैसे तो अगर धनराज चाहता तो बँगले से उस कोने को जुदा कर सकता था, पर उसने देखा कि वही कोना बँगले का सबकुछ सँवारता था—पता नहीं किस वक्त अपनी जगह से उठता था—सारे बँगले को धोता और पोंछता था, पलँगों पर सफेद चादरें बिछाता था, मेजों पर रंगदार फूल और फिर रसोई में जाकर सात पकवान पका देता था और जब उसका बँगला दोस्तों और दावतों से भर जाता था, वह कहीं नहीं दिखता था। वह चुपचाप बँगले का अँधेरा कोना बन जाता था। सो धनराज को अँधेरे कोने से कोई भी उलाहना नहीं था।

कहानी शायद ऐसे ही अमन-अमान चलती रहती पर ज्यों-ज्यों धनराज की उम्र सयानी हो रही थी, उसे लग रहा था, वह झूठे-सच्चे मुकदमों में भी उम्र गँवा रहा था और अपनी सुंदर और जवान बीवी के चोचलों में भी। वह और कुछ नहीं सिर्फ अपने लिए और अकेले अपने लिए कुछ फुर्सत चाहता था। उसकी बीवी ने जैसे उसके पैसे को मुट्ठी में पकड़ा हुआ था, वैसे ही उसके वक्त को भी। उसे ना पैसों में से एक पाई देना पसंद था ना वक्त में से। धनराज ने दुनिया की बड़ी गंभीर किताबें खरीदीं। वह जिंदगी का कुछ वह जानना और सोचना चाहता था—जो कानून से परे था, जो दौलत से परे था, जो शोहरत से परे था।...

उसकी बीवी कभी उसे नाज़ से पकड़ती, कभी रोष से, कभी रोग के बहाने से और उसकी अमन-अमान चलती कहानी को रोज एक ठेस लग जाती। और फिर एक दिन वह कहानी घुटनों के बल गिर पड़ी...

उसकी नई बीवी ने उसकी सारी नई किताबें फर्श पर बिखेर दीं—"यह मेरी सौकनें," वह कहती जाती और किताबों का वरका-वरका करे जाती। उसके गुस्से से काँपते हाथों से कोई वरका फटता और कोई वैसे ही मरोड़ा जाता। किसी को वह हाथों से परे करती, किसी को पैरों से।

धनराज एक फिलासफर की तरह सारे बँगले को भी देख रहा था—और सारे बँगले में उड़ते कागजों को भी, और फिर उसने देखा—जो कागज बँगले में से उड़ते-उड़ते बँगले के अँधेरे कोने की तरफ जा गिरे थे, कोई वहाँ खड़ा उन

कागजों को एक-एक करके उठाता, और जोड़ रहा था···

साँझ गहरा गई थी, और फिर उसने जो बँगले में खड़ी होकर किताबों को फाड़ रही और बिखेर रही थी, एक किताब की जिल्द ऐसे घुमाकर मारी कि जलती बिजली का बल्ब टूट गया···

धनराज कुछ मिनट उसी तरह अँधेरे में खड़ा रहा। फिर उसने बाहर की तरफ बाहरले कमरे से भी आगे, बाहरले बरांडे से भी आगे, और बाहरले पसार से भी आगे–बँगले के उस अँधेरे कोने की तरफ देखा, जहाँ टिमटिम करता एक दीया जल रहा था।

कहानी घुटनों के बल गिरी, तो फिर उठी नहीं। घुटने की चपनी शायद हमेशा के लिए टूट गई थी।

कुछ दिनों पीछे लोगों ने सुना कि धनराज बैरिस्टर, अपना बँगला बीवी के नाम करवाकर आप कहीं चला गया था, सिर्फ घर में जो दासी थी वह धनराज की सेवा के लिए उसके साथ चली गई थी···

दो औरतें [5]

अचानक—मेरी छाती में से काली अँधेरी उठी। इर्द-गिर्द जो भी लोग थे सब दिखने बंद हो गए···

यह एक पड़ोसी के घर हो रहे ब्याह का झमेला था। कई औरतें थीं और कमरा कपड़ों की ज़रक-बरक से भरा हुआ था। मैं पंद्रह बरस की स्कूल पढ़ती लड़की थी, मेरे गले में फूलोंवाली छींट का साधारण सूट था, पर कमरे की ज़रक-बरक से मेरे सूट को कोई ईर्ष्या नहीं थी···

अचानक—वह कमरे में आई। उससे पहले जब भी कोई औरत आती थी, सबका ध्यान उसके कपड़ों की तरफ जाता था। पर वह आई तो सबका ध्यान उसके मुँह की तरफ गया। कमरे में खड़े मर्दों का भी, औरतों का भी, मेरा भी। और फिर सारा कमरा ऐसे हो गया जैसे सारे कमरे में सिर्फ एक ही मुँह हो, और बाकी सब कपड़े हों···

मर्दों के मन में कुछ हसरत-जैसी चीज आई होगी, पर देख सकती थी—औरतों के मन में सिर्फ़ ईर्ष्या आई थी। औरतों की ईर्ष्या को समझना मुश्किल नहीं था, हर किसी का मर्द वहाँ था, और अपने मर्द की आँखों में हसरत-सी देखनी किसी को भी पसंद नहीं होती। सिर्फ मुझे अपनी समझ नहीं आ रही थी कि मेरा वहाँ कोई नहीं था, फिर मुझे ऐसे क्यों हो रहा था···

शायद इसीलिए मेरी छाती में से एक काली अँधेरी उठी। मेरा वहाँ कोई नहीं था, पर मैं थी। जिस औरत का जितना-सा मर्द खो रहा था, उसे उसका फिक्र था, पर मेरा मैं ही खो रहा था···

यह सिर्फ औरत की ईर्ष्या नहीं थी, मर्दानी हसरत भी थी। इसमें कुछ मुहब्बत जैसा भी था, दुश्मनी जैसा भी।

वहाँ वही थी जो स्वाभाविक थी—अपनी सफेद सिलकी साड़ी की तरह कोमल, अपने खुले और खुश्क बालों की तरह बेपरवाह, और अपने हाथ में पड़ी हुई बड़े सारे पत्थर की अँगूठी की तरह खामोश।

उसके बिना और कोई स्वाभाविक न था। हर कोई ब्याह के लिए खास सिलाए हुए कपड़े की तरह अपने जिस्म पर खुद ही अजीब लग रहा था। अजीब भी और शोख भी।

अपने बारे में यही कह सकती हूँ कि—मेरे सूट पर पड़े हुए फूल एकबारगी मुरझा गए थे, और मुझे लगा कि मैं मुरझाए हुए फूलों के ढेर में कहीं गहरी दब गई थी…

कमरे में जितने भी लोग थे सब उसे जानते थे। पर सिर्फ उतना, जितना मैं जानती थी। ना उससे ज़्यादा ना कम। वह टेलीविजन पर खबरें पढ़ती थी, हम सबने उसे देखा हुआ था, इसलिए सबने इकट्ठे ही पहचान लिया था। किसी को ख्याल नहीं था कि वह वहाँ आएगी। क्योंकि ब्याहवाले घर से उसका दूर-पार का भी रिश्ता नहीं था। होता तो उस घर के लोग ज़रूर अब तक उसका ज़िक्र करते और सबको उसकी इंतजार होती। पता लगा कि वह इसी हफ्ते से पास के फ्लेट में आकर रहने लगी थी, और ब्याहवाले घर ने, यूँ ही पड़ोसी होने के नाते उसे कार्ड भेज दिया था। पर उन्हें आस नहीं थी कि वह आएगी, इसलिए किसी से उन्होंने उसका ज़िक्र नहीं किया था।

वह पड़ोस का मुलाहज़ा रखने के लिए आई थी, ऐसे ही कुछ मिनट, और अंदाजे से कुछ लोगों को पहचानकर, मुबारक देकर, चली गई।

मुझे नहीं पता—औरों के मन में क्या हुआ था, और कितनी देर तक हुआ। सिर्फ अपना पता है कि मेरी छाती में से एक काली अँधेरी उठी, और फिर इर्द-गिर्द जितने भी लोग थे सब दिखने से रह गए…

मेरे और उसके बीच दस घरों और दस बरसों की दूरी थी और शायद इतने ही जनमों की…

पर काले और तपते लावे की तरह मेरे अंदर कुछ बलने लगा। लगता था जो कुछ भी उसके पास था (उसका रंग-रूप, नख-शिख, बोल-चाल) वह बिलकुल नहीं था, जो मैं चाहती थी कि मेरा हो…

ऐसे, जैसे वह मेरा था, पर खुदा की गलती से उसे दिया गया था। या उसी ने ही किसी तरह मेरा हक चुरा लिया था…

जनून लफ्ज़ सुना हुआ था, पर मुझे पता नहीं था कि यह मुझे ही भुगतना पड़ेगा, और वह भी किस्से-कहानी की तरह, किसी हसीन मर्द के वास्ते नहीं, एक औरत के लिए···

मुझे उससे इश्क-जैसा कुछ हो गया। पर यह इश्क उन अर्थों में नहीं था, जैसे अर्थों में मैंने सुना हुआ था। यह उस हीरे-जैसा था, जिसकी छाती में एक दाग हो। तेज़ नफरत का दाग।

नफरत भी एक ताकत होती है, इश्क-जैसी ताकत। शायद इसलिए मुझमें एक अनोखी ताकत आ गई—अपने दोहरे जोर से, और लगा जो कुछ किसी खुदा को करना चाहिए था, वह अब आप मुझे करना पड़ेगा···

पता नहीं किस तरह, पर लगा—कुछ करना होगा···

कई रातें सोच में टूट गईं। और आखिर मैंने उसे खत लिखा। बंद लिफाफा मैं खुद उसके घर जाकर उसके लैटरबक्स में डाल आई।

स्कूल की पढ़ाई खतम हो गई, यह मेरे कालिज का पहला बरस था। कालेज जाते और आते मैं उसके घर के आगे से गुजरती थी। एक बार, आँखें उठाकर उसकी खिड़की की तरफ ज़रूर देखती थी। वह कभी खिड़की में नहीं दिखी थी, पर खिड़की का रीतापन भी मेरे लिए रहस्यपूर्ण था। शायद मैं खुद ही खिड़की के रीतेपन में समा जाना चाहती थी···

और फिर मैंने चाहे खत में अपने घर का पता लिखा था, पर साथ ही लिखा था कि मेरे घर के पते पर मेरे खत का जवाब न देना। मैं रोज तुम्हारी खिड़की के नीचे से गुजरती हूँ, जिस दिन जी करे, मुझे खिड़की में से आवाज़ दे लेना।

और एक दिन उसने खिड़की में से आवाज़ दे ली। मैं खिड़की की तरफ देख रही थी कि उसने हाथ के इशारे से बुलाया मुझे। मेरे देखने से ही अनुमान लगाया होगा कि वह खत लिखनेवाली मैं ही थी। सीढ़ियाँ चढ़कर मैं उसके कमरे में पहुँची, तब उसने धीरे-से मेरे कंधे पर हाथ रखकर मुझे बैठने के लिए कहा। मेज़ पर चाय की ट्रे पड़ी हुई थी। उसने चाय का एक प्याला बनाया, और मुझे पकड़ा दिया।

कितनी देर तक उसने खत की कोई बात नहीं की। मेरी उम्र पूछी, और ऐसी बातें कीं कि मैंने कौन-से सब्जैक्ट लिए थे, पढ़ाई के अलावा और कौन-सी किताबें पढ़ती थी···

लगा—मुझमें कुछ था जो उसके सामने गुच्छा-सा हो रहा था—पालतू

पिल्ले की तरह या मेंह में भीगी हुई किसी बिल्ली की तरह...

"यह खत तुमने लिखा है ?" अचानक उसने मेज़ पर पड़ी हुई किताब में से मेरा खत निकाला। मैंने सिर हिलाकर हाँ की, पर लगा हाँ में झुका हुआ सिर इतना भारी हो गया था कि फिर ऊपर नहीं हो रहा था।

उसने मेरी कुरसी के पास आकर सिर पर हल्के से अपना हाथ फेरा। कितनी देर तक मैं चुप खड़ी रही। फिर हथेली से मेरा मुँह ऊपर करके कहने लगी—"यह तुम्हारे माँ-बाप तुम्हें प्यार करते हैं ?"

"हाँ," सिर के इशारे से जवाब दिया।

"इनके और भी बच्चे हैं ?"

उसी तरह हाँ में जवाब दिया।

"इस बात का किसी और को पता है ? रिश्तेदारों को ?"

मैंने ना में सिर हिलाया।

"फिर जो हो गया उसे तू भूल जा। इन्होंने तुम्हें पाला है, पढ़ाया है, तुम्हें प्यार करते हैं..."

मेरी आँखों में डबडब आँसू आ गए। उसने हथेली से मेरी आँखें पोंछीं, और मेरी दिलजोही के लिए बात सुनाई—"पिछले दिनों मैंने एक लेखक की जीवनी पढ़ी थी। कमबख्त पहला फिकरा ही लिखता है, 'जिंदगी में मैंने सबकुछ अपनी मरजी से चुना, सिर्फ माँ-बाप अपनी मरजी से नहीं चुने...'"

मुझे भी हँसी-सी आ गई, उसे भी। कहने लगी, "देख ! लोग ऐसे हँस सकते हैं।"

अपने खत का अक्षर-अक्षर मुझे याद था। मैंने लिखा था कि मैं एक अजीब दर्दनाक हालत में से गुजर रही थी, मुझे अभी इन्हीं दिनों एक पुराने मुद्दत से बंद संदूक में से ढूँढ़ते हुए एक खत मिला है, जिससे मुझे पता लगा है कि यह मेरे माँ-बाप मेरे नहीं। मैं इन माँ-बाप को सड़क के किनारे पड़ी हुई मिली थी।

"अच्छा। बताओ ! तुम मुझे जानती नहीं, पहचानती नहीं, फिर अपनी जिंदगी का सबसे बड़ा राज मेरे सामने क्यों खोला ?" अचानक उसने पूछा।

मुझे ख्याल था वह ज़रूर इस तरह का कुछ पूछेगी। जवाब दिया, "रोज टेलीविजन पर देखती थी, आप मुझे बहुत अच्छी लगी थीं..."

"मदर इमेज," उसने धीमे-से कहा और हँस पड़ी।

"तुम जैसे मेरा ख्वाब हो, मेरा ड्रीम," मेरा ख्याल है मैंने उस घड़ी बड़ा सच

बोला। और पूछा, ''मुझे आपका नाम पता है, पर जो कहो तो मैं आपको मिस डी बुला लिया करूँ ? इस डी से मेरा मतलब है मेरा ड्रीम।''

वह हँस दी, ''जो मरजी बुला लिया करो।''

एक तीखी-सी सोच आई, मैंने उसकी बाँह से अपना सिर लगाया, कितनी देर तक लगाए रखा, और कहा, ''आप मुझे मिस वी कहा करो।''

''डी का मतलब ड्रीम, वी का क्या ?'' वह हँसने लगी।

''वी का मतलब विचारी कुड़ी,'' मैंने उसकी बाँह में अपना सिर छुपा-सा लिया।

''ड्रीम अँगरेजी का, विचारी कुड़ी पंजाबी का,'' उसने हँसकर दूसरी बाँह लपेटकर मुझे गलबहियाँ-सी डाली, और फिर कहने लगी, ''अच्छा मैं ड्रीम सही पर तुम्हें ड्रीम का कहना मानना पड़ेगा। यह बात जो तूने मुझे खत में लिखी है, और किसी को न बताना। आप भी भूल जाना। इस माँ ने चाहे तुम्हें जन्म नहीं दिया, पर तुम्हें बेटी कहा है, अपने मन में भी, और लोगों के सामने भी। सो इसका मन कभी ना तोड़ना। इसी को प्यार करना। बोल करेगी ?''

उसने आखिरी सवाल, सवाल की तरह पूछा नहीं, हुक्म की तरह कहा। ऐसे, जैसे मैंने उसका हुक्म ना माना, तो वह अभी मुझसे गुस्सा हो जाएगी।

मेरे मन में उसके लिए बहुत कुछ था, कई तरह का, पर उस घड़ी लगा—जैसे उस बहुत कुछ में एक सहम भी मिल गया था। लगा इसके नजदीक होने के लिए इसका सबकुछ हुक्म की तरह मानना पड़ेगा। सो सिर्फ सिर के इशारे से नहीं, मुँह से बोलकर कहा, ''करूँगी।''

उसने मेरी दिलजोही के लिए, मुझे फिर एक बार भींचकर अपने से लगाया और फिर परे किताबों की अलमारी के पास खड़ी होकर कहने लगी, ''जब तुम्हारा मन उदास हुआ करे, यहाँ आ जाया करो, किताबें पढ़ा करो। मेरी ड्यूटी सिर्फ शाम की होती है, मैं सारा दिन घर रहती हूँ। शाम को मैं नहीं होती, पर घर में मेरा बाप है, जिस वक्त तुम्हारा जी करे आ जाया करो।''

जवाब में एक रुलाई मेरे भीतर उठी। आँखों में से सिर्फ आँसू बहते दिख रहे थे। पर मुझे पता है मेरा रोना उससे कहीं ज्यादा था और गहरा भी।

''देखो, रोओ नहीं। तुम्हें क्या पता, यह हादसा तुम्हारी भलाई के लिए हुआ हो। तुम्हारी जन्म देनेवाली माँ क्या ख़बर कितनी मजबूर रही होगी, क्या खबर कुँवारी हो, अगर तुम्हें सड़क के किनारे न रख जाती, अपने पास रखती

और पालती, तो क्या पता तुम्हारी जिंदगी कितनी मुश्किल होती। तुम यह क्यों नहीं सोचती, उसने जो कुछ भी किया, तुम्हारे भले के लिए किया, या वैसे ही तुम्हारे भले के लिए हो गया…" उसके लफ्जों में—प्यार था, दिलासा था, सहारा था, हुक्म था।

यह सिर्फ मुझे पता है कि मुझे रोना क्यों आया था। उसे कुछ पता नहीं कि मैंने खत में सब गलत लिखा था। एक फरजी पर दर्दनाक हालत लिखी थी। उसका ध्यान खींचने के लिए। वैसे कोई राह नहीं मिलता था कि मैं उसके पास कैसे जाऊँगी, और वह मुझे अपने पास क्यों आने देगी।

ओह खुदाया! यह सब झूठ सही, पर क्यों मेरे अंदर की कोई ज़रूरत सच्ची नहीं थी?…चाहती थी—पैर किसी ठोस खुरदरी जगह पर खड़े हो जाएँ, ताकि टिके रहें। सख्त कँकरीली जगह पैरों को चुभ सकती है, पर वहाँ से फिसलने का डर नहीं होता। डर नर्म जगह का होता है। मैं बड़ी नर्म और फिसलनी जगह पर खड़ी थी। किसी दूसरे को तुम्हारी जरूरत पड़े तो पड़ती रहे, यह एक मजबूत सख्त जगह होती है, सो मैंने उसकी जिंदगी में खड़े होने की जगह ढूँढ़ ली…

थोड़े से दिनों में मैंने उसकी एक जरूरत जान ली—वह कुर्सी पर बैठी कोई किताब पढ़ रही होती, तो मैं उसकी पीठ के पीछे खड़ी होकर कितनी देर तक उसके खुले बालों में कंघी फेरती रहती, तो उसे अच्छा लगता। यह मैंने अपना रोज़ का नियम बना लिया। इस तरह उसके पास जैसे मैं उसकी जरूरत के लिए जाती थी।

घर में एक नौकरानी थी, पर रात को नहीं रहती थी। सारा दिन भी नहीं। दो वक्त आती, सफाई करती, रोटी बनाती और चली जाती, और शाम को जब मिस डी नौकरी पर चली जाती, पीछे उसके बाप को रात की रोटी खुद ही गर्म करनी पड़ती। चाय या कॉफी भी खुद ही बनानी पड़ती। डी कि जिंदगी में दाखिल होने के लिए यह भी एक दरवाजा था। मैं काफी शाम गए एक बार जाती, उसके बाप को रोटी परोसकर देती और चाय बनाकर देती। और इस तरह मैं डी के घर में—दहलीज से आगे, बैठक से आगे, कमरे से आगे, जैसे अंदरले कमरे में भी दखल पा सकी।

उसे मिलनेवाले लोग आते—कुछ काम-काजी, कुछ वैसे ही उसकी दोस्ती के इच्छुक, और धीरे-धीरे मैं उनके लिए उस घर की जैसे पहली सीढ़ी बन गई। वह मुझे अपना नाम बताते, और काम बताते, मैं ही उन्हें बाहरले कमरे में

बिठाती, चाय पूछती, और उनका पैगाम देती और लेती। उन सबको मेरा यही नाम पता था—मिस वी।

लगा—मैंने अपना नाम बड़े गहरे अर्थों में चुना था। इसके अर्थ सिर्फ विचारी कुड़ी नहीं थे, जो मैंने पहले दिन मिस डी को बताए थे, इसके अर्थ विक्टरी भी थे।

यह सब मेरी जीत थी, उसकी हार नहीं पर मेरी जीत थी।

कई, जो उस घर के नए वाकिफ होते थे, मुझे शुरू से ही उस घर का हिस्सा समझकर वाकिफ होते थे। यह धीरे-धीरे मेरे लिए भी उतना स्वाभाविक हो गया जितना उनके लिए।

एक दर्द अभी भी था कि कोई सिर्फ पहली सीढ़ी तक ही खड़ा होना चाहता था—मेरे पास खड़ा होता था पर आगे जाने के लिए, उस तक पहुँचने के लिए।

मिस डी को अब तक मैंने बहुत जान लिया था। मुझे पता था कि वह अपने तक किसी को पहुँचने नहीं देती थी—यह उसका पता नहीं उसूल था या कि फितरत, पर थी। इसलिए मुझे अंदर से एक तसल्ली-सी भी होती थी कि जो भी कोई मेरे पास से जल्दी में गुज़रकर, उसकी तरफ बढ़ता, उसने फिर कुछ देर बाद पीछे मुड़ना होता था, और फिर उसका वास्ता मुझसे ही पड़ना होता था।

मेरा अनुमान सच्चा निकलता रहा। कभी जल्दी, कभी कुछ देर से उसको चाहनेवाले अंत में मेरे पास आ खड़े होते—चाहे कुछ उदास, और चाहे थके हुए। मेरे पास बैठते, चाहे उसकी बात करते, पर मेरे पास बैठते।

वह जैसे एक गर्म धूप थी, और मैं एक ठंडी छाँव… और गर्म धूप में कोई कितनी देर तक खड़ा हो सकता था, आखिर उसे किसी छाँव-तले साँस लेना पड़ता था।

कभी वह हैरान, मुझसे पूछती, "क्यों वी ! यह लोग इतनी देर तक तुमसे क्या बातें करते हैं ?"

मैं हँस पड़ती, "वह जो उनकी बातें आप सुनतीं नहीं।"

"पर यह ठीक नहीं," वह परेशान होती। मुझे कई बातों से मना करती। पर उसे पता नहीं था कि मैंने जो राह चुनी थी, वह सिर्फ आगे जाती थी, पता नहीं कहाँ, पर पीछे कहीं नहीं मुड़ती थी।

"सो तुममें, वह कुछ हद तक मुझे ढूँढते हैं," एक दिन उसने मुझे मज़ाक में कहा।

मैं हँस पड़ी, मज़ाक को सहार लिया। पर वह जिसने मज़ाक किया था, मुझसे ज़रा भी न सहारी गई।

उस दिन मन ने जैसे एक कसम-सी खाई—जो भी कोई उसे चाहता है, वह सिर्फ मुझमें से उसे पा सकेगा, उसमें से कभी नहीं।

सो मैं वह बन गई···

बाहर से कुछ बदला नहीं था, पर भीतर से सबकुछ बदल गया। उसके चाहनेवालों में से, मुझे पता था कि चारेक जने वह थे, जो उसे कई बरसों से चाह रहे थे। वह चाहे मुझे एक बच्ची-सी समझते थे, पर यह भी जानते थे कि यह सिर्फ मैं थी जिससे वह उसकी बात कर सकते थे। इसलिए वह मेरे मित्र थे।

उनके लिए वह दूर, मैं पास थी, और वह बरसों के थके हुए थे, और मैं वह बन गई थी···।

मेरा प्रण पूरा हो गया—कि जो भी कोई उसे चाहता है, वह सिर्फ मुझमें से उसे पा सकेगा···

मैं तृप्त थी—कि वह, जो उसके तन को चाहते थे, मेरे तन से तृप्त हुए, और यही सबसे बड़ा सुबूत था कि मैं, वह थी।

एक मर्द के साथ सोने के बाद, मैं उसी दिन या दूसरे दिन दूसरे मर्द के साथ सोती, तो खुदा जानता है, मुझे किसी गुनाह का अहसास नहीं होता था। सिर्फ एक विश्वास आता था कि मैं, वह हूँ।

वह नहीं समझती, कभी नहीं समझेगी कि इन घटनाओं से उसके लिए मेरे मन की नफरत खत्म हो रही थी। उसे बताने की ज़रूरत नहीं थी। इसलिए मैंने कभी उसे कुछ नहीं बताया पर मैं जानती हूँ कि जब तक मैं, मैं थी, और वह, वह थी, उतनी देर तक एक बहुत बड़ा फासला था, और वही फासला नफरत था। अब वह फासला मिट रहा था, इसलिए नफरत मिट रही थी···

मेरे लिए वह, जैसे एक जिस्म में नहीं, दो जिस्मों में जी रही थी···

मुझे नहीं पता—कि कोई पुल एक दीवार कब बन जाता है? कैसे बन जाता है? क्यों बन जाता है?

मैंने जिंदगी के एक पल को जिंदगी की एक दीवार बनते देखा है···

उसका कुछ भी नहीं था, जो मैं नहीं जानती थी। उसके मन में पड़े ख्यालों

से लेकर, उसकी अलमारी में पड़े कपड़ों तक। सिर्फ उसकी हाज़िरी में नहीं, उसकी गैर-हाज़िरी में भी, मैं उसके फोन सुनती थी, उसके कपड़े धोती, सुखाती और उसकी अलमारी में रखती थी। उसका बाप जब शाम की सैर के लिए बाहर जाता, चाबी उसे दे जाता, और यह सिर्फ मेरे लिए नहीं, उस घर के लिए भी स्वाभाविक हो गया था। पर यही पुल एक दिन अचानक दीवार बनकर, मेरे सामने खड़ा हो गया···

एक कोई जर्नलिस्ट उसका वाकिफ बना, और मिस डी वह पहलेवाली मिस डी ना रही। मिस डी के नक्श पतले थे, गढ़े हुए, पर जैसे मांस में से नहीं, पत्थर में से गढ़े हुए। दिखने में लगता था कि उसमें एक तपिश थी, एक बेचैनी, बुलावा था, पर उसके लिए इच्छुक बहुत जल्दी उसके भेद को पा जाता था। शीवाज़ काम, कोल्ड, क्रुअल। यह मैं सिर्फ अपना सोचा हुआ नहीं दुहरा रही, उसको चाहनेवाले हर किसी ने इस भेद को पाया था। सिर्फ··· सिर्फ वह जर्नलिस्ट···

पहले कोई फोन नहीं था, कोई खत नहीं था जिसके लिए वह मुझसे पर्दा रखती, पर फिर एक फोन ऐसा होता था, एक खत ऐसा, जिसके लिए वह मुझसे छुपाव रखती थी, पर फिर एक फोन ऐसा होता था, एक खत ऐसा, और एक आमद भी ऐसी कि उसे किसी का भी पास होना गवारा नहीं होता था।

मैंने उसके पत्थर के अंगों को मांस के अंगों की तरह काँपते देखा, काँपते, बिलखते और तड़पते···

यह एक खतरे की खड्ड थी जो अचानक मेरे पैरों के आगे आ गई···

मुझमें और उसमें जो फासला था, और जो फासला वक्त ने मिटा-सा दिया था, अब उसे फिर उसी फासले की ज़रूरत थी···

और इसी फासले से मुझे नफरत थी, और मेरे लिए वह हकीकत कि अब वह एक जिस्म में नहीं, दो जिस्मों में जी रही है, हकीकत नहीं रही थी।

उसके पहले वाकिफों से मेरा जो भी रिश्ता बना था, वह मेरे लिए व्यर्थ हो गया। वह सिर्फ तसदीक थे इस बात की कि मैं, वह थी। पर अब—वह मुझसे कतई स्वतंत्र और मुझसे बड़ी दूर अकेली खड़ी थी। वहाँ जहाँ उसे न मेरी ज़रूरत थी न मेरे लिए फुर्सत। इसलिए अब जब—सामने कुछ नहीं था, गवाही काहे की?

उन सबके फोन आते, जो कभी उसके लिए होते थे, और अब मेरे लिए हो

गए थे, पर अब मुझे उनकी ज़रूरत नहीं थी, मैं उनसे कतरा जाती, उन्हें टाल देती।

यह फासला मेरा दुश्मन था, और जर्नलिस्ट जो इस फासले में एक खड्डु की तरह आ गया था···

यह खड्डु भरती थी, मुझे नहीं पता कैसे, पर भरती थी···

काश, यह खड्डु मेरे जिस्म से भर सकती ! मेरा जिस्म इसके लिए आतुर था, व्याकुल था। और मैंने पहली बार देखा कि मेरे जिस्म में कुछ वह जाग रहा था, जो पहले कभी नहीं होता था। मेरा ख्याल है कि मेरे सिवा कभी किसी के साथ ऐसा नहीं हुआ। लगने को लगता था कि जैसे यह एक औरत के जिस्म को एक मर्द के जिस्म की ज़रूरत थी, पर मैं जानती हूँ कि यह नहीं था। यह सिर्फ एक शिद्दत थी कि उसने जो कुछ भी उससे पाना था, वह मुझसे क्यों नहीं पा रहा था।

इससे पहले जितने भी मर्द थे, वह उसकी तरह नहीं थे। शायद उसकी तरह होते, पर उनके हालात उसकी तरह नहीं थे। उनमें निराशा थी, थकावट थी, पर इसमें आस थी, इंतज़ार थी। उन्हें पता था कि उन्हें कहीं पहुँचना नहीं था। इसलिए मैंने जो कुछ भी उन्हें दिया उन्होंने कबूल लिया पर इसने कुछ ना कबूला···

जानती हूँ—उसकी यही बेरुखी थी, जिसने मेरे अंगों में आग-सी लगा दी। इस आग का सेंक मैंने पहले कभी नहीं देखा था। पर वह नहीं जानता था, मिस डी भी नहीं जानती थी कि यह उस मर्द के लिए नहीं था—यह सिर्फ उस खड्डु के लिए था, जो खड्डु बनकर वह मेरे और मिस डी के बीच आ गया था···

जान लिया कि मेरा जिस्म वह पुल नहीं बन सकेगा, जिसके आसरे मैं इस खड्डु को लाँघ जाऊँ। पर पुल चाहिए था जिस्म का या किसी भी चीज़ का···

मैंने एक पुल ढूँढ़ा। एक दिन वह रात गए जब काम से वापस आई, मैं वहाँ उसके कमरे में थी। आगे कभी इतनी रात तक मैं वहाँ नहीं रही थी। वह हैरान हुई। पर मैं बहुत उदास थी, परेशान, इसलिए उसे फिकर हुई। मेरी घबराहट से उसने अनुमान लगा लिया कि ज़रूर कोई बात थी। उसकी ज़िद थी कि वह रोटी खाने से पहले मेरी बात सुनेगी। सो बताना था, बताया कि आज शाम आपके लिए किसी लड़की का फोन आया था कि आप उसके और उसके जर्नलिस्ट के रास्ते में ना आएँ। वह आपकी और उसकी दोस्ती को कहीं पहुँचने ना देगी।

वह चुप हो गई। उसने उस रात रोटी नहीं खाई। मेरा ख्याल है कि उस रात वह बिलकुल सोई नहीं होगी। मुझे अगले दिन की कोई घबराहट नहीं थी, क्योंकि मैं उसे जानती थी, मुझे पता था कि वह इतनी मानिनी है कि वह जब कल या फिर उस जर्नलिस्ट से मिलेगी, उसे अपने मुँह से कुछ नहीं पूछेगी, उससे कुछ टूट जाएगी, पर उसे कुछ नहीं पूछेगी।

ऐसे फोन की बात मुझे कुछ-कुछ दिनों बाद दोहरानी पड़ी। जर्नलिस्ट अब भी घर आता था, चाहे उसके साथ मिस डी का बर्ताव बहुत ठंडा हो गया था। वह जिस दिन जितने बजे आता मुझे पता होता था, मैं उसी का हवाला देकर फोन की बात करती।

मिस डी खीझी-खीझी रहने लगी। पहले से बहुत चुप, पर खीझी हुई और थकी हुई-सी। एक दिन मैंने फोन की बात बताई, तो वह खीझ मुझ पर बरस पड़ी—

"वह मुझे सीधा फोन करके क्यों नहीं कुछ कहती? अपना नाम-पता सबकुछ क्यों नहीं बताती?"

"उसने मुझसे पूछा था कि मैं आपकी सेक्रेटरी हूँ? तो मैंने कहा था, हाँ! मेरा ख्याल है वह अपनी और आपकी दोनों की आबरू रखने के लिए मेरे माध्यम से बात करती है। पर जो आप कहें तो मैं उसे कह दूँगी कि वह आपको सीधा फोन करे…"

मुझे नहीं पता, मैंने यह क्या सोचकर कहा, पर यही कहना स्वाभाविक था। मेरा ख्याल है उसे भी स्वाभाविक लगा, कहने लगी, "नहीं, नहीं, उसे कुछ न कहना…"

मैंने पहली बार उसके मुँह पर आँसू देखे। उसके और उस जर्नलिस्ट के बीच जिस लड़की की छाँव आ गई थी, उससे वही बर्दाश्त नहीं हो रही थी, और उसकी आवाज़ तो शायद बिलकुल बर्दाश्त से बाहर हो जानी थी…

पर यह ज़रूर हो गया कि उसे मेरी ज़रूरत बढ़ गई। मैं उसके बालों में कंघी फेरती, तो घंटा-भर फेरती रहती। वह पल-पल बाद चाय माँगती, उसे एक तलब-सी लगती, एक बेचैनी-सी उठती, और मैं खुद घड़ी-घड़ी जाकर उसके लिए चाय बनाकर लाती…

लगा—मेरे और उसके बीच पड़ गया फासला फिर घट रहा था।

मेरा, मेरे में विश्वास बढ़ रहा था।

और देख रही थी कि उस जर्नलिस्ट का अपने में विश्वास घट रहा था। वह मिस डी की बेरुखी से परेशान था। चुप था पर परेशान। और मेरा अनुमान ठीक निकला कि अब उसे मेरी ज़रूरत थी। अभी शायद उस तरह नहीं, जैसे मिस डी के पहले चाहनेवाले लोगों को पड़ी थी, पर मिस डी के मन को जानने के लिए, उसे लगा कि सीधे राह से अलग, अगर कोई भी राह थी तो वह मैं थी। वह कभी-कभी शाम को आने लगा उस वक्त जिस वक्त उसे पता होता था कि मिस डी घर नहीं होती थी।

उसने मुझसे, सीधी किसी दोस्ती का भुलावा तक न पड़ने दिया। पर मेरे लिए उसमें एक नर्मी-सी आ गई। उसके सवाल सीधे थे, सारे मिस डी के बर्ताव के लिए फिकरमंद, और मिस डी की बीमार-सी होती जाती सूरत के बारे में। उसे यकीन था कि कोई बात थी जो मिस डी उसे नहीं बता रही थी। और उसे समझ में नहीं आ रहा था कि वह मिस डी के विश्वास-योग्य क्यों नहीं था।

उसका हारकर मेरे पास आना, मेरे लिए फिर एक तसदीक-जैसा था, कि मैं, मैं से कुछ बढ़कर थी। उसकी नज़रों में मैं, वह नहीं थी, पर मैं, मैं से ज़रूर ज़्यादा थी।

यह एक नशा था जिससे मैं मखमूर थी। मिस डी को मेरी ज़रूरत बढ़ गई थी। और मिस डी जिसे प्यार करती थी उसे मेरी ज़रूरत बढ़ गई थी।

अब फिर वक्त मेरे बस में था। वही वक्त जो कुछ दिन पहले मुझे हाथ से परे करके, दूर स्वतंत्र जा खड़ा था।

दो-एक बार मैंने उस जर्नलिस्ट से कोई बात नहीं की। सिर्फ सुना, कहा कुछ नहीं। पर एक खामोश-सी हामी भरी कि कोई बात मुझे पता थी, पर वह मैं कह नहीं सकती थी।

तीसरी बार वह बहुत ही ज़िद-सी में आ गया। यहाँ तक कि मिस डी से अपनी दोस्ती को खतरे में डालकर भी, सीधा मिस डी से और उसके बाप से बात करने को तैयार। उसे मिस डी के साथ अपने इश्क का कुछ बहुत ही एतबार था।

लगा, यही एक जगह थी, जहाँ से उसे तोड़ सकती थी। सो मैंने उससे कसम ली कि मैं जो कुछ उसे बताऊँगी वह मिस डी को भी नहीं बताएगा। इसलिए नहीं कि मैं मिस डी की दोस्त नहीं थी, बल्कि इसलिए कि मैं मिस डी को इतना प्यार करती थी कि इतना दुनिया में किसी और को नहीं, और यह मिस डी

के मान का सवाल था…

उसे यकीन था, और यह भी कि मैं उसे जो कुछ बताने लगी थी, उसके इश्क पर एतबार करके बताने लगी थी। वह मेरा अहसान-सा मान रहा था। सो बताना था, बताया, कि उसके मिलने से पहले मिस डी के और भी दोस्त थे। एक बहुत दोस्त था, पता नहीं किस हद तक कि वह अब निराश होकर मिस डी को धमकियाँ दे रहा था कि अगर वह…

वह समझ गया। मिस डी की परेशानी का सारा कारण समझ गया। मैंने बताया कि कभी मिस डी को उसका फोन आता था, और कभी ऐसा खत कि वह सारा-सारा दिन—सारी-सारी रात परेशान रहती थी।

"कमीना, ब्लैक मेलर," उसने और मैंने मिलकर उसे कितनी देर तक गालियाँ दीं, जो ऐसे मिस डी को तंग कर रहा था।

फिर दूसरे दिन, तीसरे दिन, और हर आए दिन देखा कि उस जर्नलिस्ट का इश्क टिकाव में आ गया था। उसके बीच एक फासला बढ़ता जा रहा था। और मेरे और मिस डी के बीच एक फासला घटता जा रहा था…

एक पुल था, जिसके साथ मैंने खतरे की खड्ड लाँघ ली थी—ओह खुदाया लाँघ ही तो ली थी…

फिर वही पुल पत्थर की दीवार बन गया…

इश्क की पता नहीं कौन-कौन-सी राह होती है—और पता नहीं वह कब किसी की खुदी पर पैर रखकर भी अपनी राह ढूँढ़ लेता है। मिस डी अब बीमार रहती थी, पर उसे सिर्फ मेरी ज़रूरत रह गई थी और किसी की नहीं। उस जर्नलिस्ट की भी नहीं। आर लगता था कि उस जर्नलिस्ट का भी ठंडा पड़ा इश्क फिर कभी गर्म साँस नहीं भरेगा। कि एक दिन वह दोपहर के समय घर का दरवाज़ा खटकाकर नहीं, जैसे दरवाज़ा तोड़कर अंदर आ गया। और चाहे मिस डी ने कहा हुआ था कि अगर वह कभी आएगा तो वह उसे मिलेगी नहीं, पर उसने बाहरले कमरे में बैठने और इंतज़ार करने से नाहीं कर दी थी। मिस डी के कमरे के पास खड़े होकर एक बार उसने उसे आवाज़ दी, मुझ दहलीज़ में खड़ी को हाथ से परे किया, और सीधा मिस डी के कमरे में गुज़र गया।

देख सकती थी—कि मिस डी हैरान थी, पर उसमें जैसे जान-सी लौट आई थी। हल्का-हल्का बुखार उसे सारा दिन रहता था। आज भी चारपाई पर लेटी हुई थी। पर उसे ऐसे कमरे में आते हुए देखकर, वह चारपाई पर से उठ-सी गई।

देख सकती थी—उसके मुँह पर वह नफरत ज़रा नहीं थी, जो उसकी गैरहाजिरी में, कभी मैं उसकी बात करती थी तो उसके मुँह पर छा जाती थी।

तो देख सकती थी—उस जर्नलिस्ट के मुँह पर वह उदासी बिलकुल नहीं थी, जो मैंने पहले, आखिरी बार उसके मुँह पर देखी थी।

"व्हाई हैव यू कम ?" मिस डी ने बीमार-सी आवाज़ में कहा। उसके कहने में गुस्सा नहीं पर एक बेपरवाही जरूर थी।

वह चारपाई के पास खड़ा था, खड़ा रहा। कुछ देर मिस डी के पीले और बीमार चेहरे की तरफ देखता रहा। फिर चारपाई की पाटी पर बैठ गया। मिस डी ने बैठने के लिए कहा नहीं था, पर बैठ गया।

"तुम नहीं चाहतीं तो मैं फिर कभी नहीं आऊँगा। पर इस बार मुझे आना पड़ा है, तुम्हारे लिए," उसने बात को लटकाया नहीं, कहने लगा, "मैं मिस्टर वर्मा को मिला था, परफैक्ट जैंटिलमैन, उसने तुम्हें कोई खत नहीं लिखे, ना वह यह मानता है कि उसके तुम्हारे साथ कभी कोई भी रिलेशन्स थे।"

मुझे याद आया कि मैंने जब मिस डी को आनेवाले खतों का ज़िक्र किया था, तो उसके बार-बार पूछने पर खत लिखनेवाले का नाम भी बताया था। मुझे लगा—मुझे अभी, इसी घड़ी कमरे में से चले जाना चाहिए था। कमरे में से नहीं, इस घर में से भी…

जाने लगी थी कि उस भरे-भराए जर्नलिस्ट ने एक हुक्म की तरह कहा—"तू कहीं नहीं जा सकती, खड़ी रह।"

उसका हुक्म उलाँघने की ताकत नहीं थी—लगा पैर मिट्टी के हो गए थे—गीली मिट्टी के।

"कौन वर्मा ? कौन से खत ?" मिस डी हैरान थी।

एक घड़ी लगा, उस जर्नलिस्ट को मिस डी का सवाल समझ में नहीं आया। पर मुझे समझ में आया था…

"वही जो कभी तुम्हारा दोस्त था, और फिर तुम्हें खतों में धमकियाँ देता था।" उसने मिस डी को याद दिलाया।

"देश वर्मा ? मेरा दोस्त नहीं था, वाकिफ ज़रूर था, पर उसने मुझे कभी ऐसा कोई खत नहीं लिखा…" मिस डी हैरान, मेरी तरफ नहीं, उसकी तरफ देख रही थी।

"फिर कौन खत लिखता था ? तुम किसके खतों से घबराकर बीमार हुईं ?"

उसने मिस डी की कमज़ोर-सी बाँह कसकर पकड़ ली। जैसे उस बाँह को झिंझोड़कर उसने उसका सबकुछ निकाल लेना था।

''कौन से खत? कोई खत नहीं। सिर्फ फोन आता था–उस लड़की का, उसी लड़की का···'' मिस डी कह रही थी, और मैं सोच नहीं सकती थी कि यह सबकुछ वह एक-दूसरे को क्यों कह रहे थे···

''कौन-सी लड़की?''

''वही तुम्हारी दोस्त।''

''व्हाट नानसैन्स।''

मिस डी मेरी तरफ नहीं देख रही थी, उसे शायद अभी भी कुछ समझ नहीं आ रहा था, पर वह जर्नलिस्ट···

लगा–अब कुछ भी नहीं था जो उसने नहीं समझा था। उसने मुझे बाँह से खींचकर चारपाई के पास खड़ा कर लिया। पूछा–''बोल! यह खत कौन लिखता था? यह लड़की कौन थी, जो फोन करती थी?''

मेरा ख्याल है–यह मेरे पूर्ण सच बोलने का वक्त था। सिर कहीं नहीं रख सकती थी, हथेलियों पर रख लिया। सिर्फ इतना ही कह सकती थी, कहा–''कोई नहीं! कोई नहीं!''

''तूने मुझे खुद कहा था कि मिस डी को खत आते हैं?···तू मुझे रोज़ कहती थी कि आज एक लड़की का फोन आया था···तू···तू···'' वह शायद बारी-बारी कह रहे थे कि एकबारगी, पता नहीं। मुझे सिर्फ इतना पता है कि दो आवाज़ें मुझ पर झपट रही थीं···

मेरे हाथों की हथेलियाँ मेरे सिर को आसरा नहीं दे रही थीं। लगा–मिस डी की बाँहें मुझे आसरा दे देंगी। मैंने अपना आपा उसके हवाले कर दिया। चारपाई के पास पैरों के बल बैठकर अपना सिर अदवायन पर रख दिया, उसके पैरों के पास।

''पर यह सबकुछ तूने क्यों···क्यों···'' मिस डी पूछ रही थी कि अचानक चुप हो गई। लगा जर्नलिस्ट ने उसके कान में कुछ कहा था। मिस डी की इतनी-सी आवाज़ सुनी, ''ओ माई गॉड,'' और बिलकुल खामोशी फैल गई। मेरा ख्याल है कि मिस्टर वर्मा ने उस जर्नलिस्ट को मेरा और अपना संबंध भी बताया था, और वह अब मिस डी को बता रहा था···

"डी···मेरा ड्रीम···" मैंने कसकर उसका पैर पकड़ लिया। मैं सच बोल रही थी, हर घटना से बड़ा सच। पर वह कुछ नहीं सुन रही थी। आकाश की तरह फट पड़ी, "सच-सच बता, वह जो पहली बार तूने मुझे खत लिखा था कि यह तेरे माँ-बाप तेरे माँ-बाप नहीं, क्या यह सच था ? तू नहीं बताएगी तो मैं अभी तेरे माँ-बाप को पूछने के लिए जाऊँगी···"

"नहीं, सच नहीं था।" मैंने सच बोला। पर इसके बाद उसने मेरा कुछ नहीं सुना। अपने हाथ से मेरी बाँह को खींचकर मुझे चारपाई के पास से उठाया, और फिर कमरे में से बाहर धकेलते हुए कहा–"यहाँ से चली जा, फिर कभी मेरे पास ना आना।"

उसने मेरा वही कुछ सुना, जो सुननेवाला नहीं था। जो सुननेवाला था वह कभी नहीं सुना।

मैंने जब उसे पहली बार देखा–वह मुहब्बत के एक गीत-सरीखी थी, पर जब आखिरी बार देखा–वह जंग के गीत-सी थी।

और मैं पता नहीं पहले, क्या थी, पर अब सिर्फ एक वैन-सरीखी थी, इस वीं अर्थ कितने बदल गए हैं···

दो औरतें [6]

रात रोज़ आती है, जोगी की फेरी की तरह हर दरवाज़े पर अलख जगाती है, सपनों की भीख माँगती है, कोई दे-दे तो वाह-वाह, नहीं दे तो भी वह खड़ी नहीं होती, चली जाती है···

पर एक बार, चार-पाँच बरस हुए, वह आई थी तो हाथ में पकड़े हुए अँधेरे का कमंडल वहीं भूल गई थी। वहाँ उस कमरे में, जहाँ विद्या माँ बनने की पीड़ा से जूझ रही थी···

तब से वह अँधेरे का कमंडल वहीं पड़ा हुआ है। बाहर जब धूप चढ़ती है, उसका सेंक कमरे में भी आता है, कमरे की ठिठुरन टूट जाती है, और वह अँधेरा भी गर्माकर उस कमरे में ऊँघने लगता है।

कई बार विद्या का मन किया था कि अगली रात, जब जोगी की फेरी की तरह आएगी, वह अँधेरे का कमंडल लौटा देगी। कमंडल में डालने के लिए उसके पास सपनों की भीख कोई नहीं, पर वह अपनी बेटी की तोतली बातों में से एक मुट्ठी भरकर उस कमंडल में डाल देगी, और वह कमंडल लौटा देगी। पर ऐसा नहीं हुआ। हर नई रात के हाथ में नया कमंडल होता है, पुराने कमंडल को पकड़ने के लिए कभी भी उसका हाथ खाली नहीं होता···

आज रात···नहीं चार-पाँच बरस पहले की एक रात···नहीं आज रात···

एक औरत जनने की पीड़ा से तड़प रही थी, एक चारपाई के पैताने बैठकर जैसे पीड़ा को सहला रही थी···

विद्या को लगा—वह चारपाई पर कराह रही थी, और वह जो चारपाई के पैताने के पास थी, वह मिस राय थी, डॉक्टर राय···

और फिर विद्या को लगा—उसके जिस्म में कहीं कोई पीड़ा नहीं थी, वह चुपचाप चारपाई के पैताने की ओर बैठी हुई थी, और चारपाई पर जो औरत पीड़ा से कराह रही थी, वह मिस राय थी…

एक कमरा जैसे एक चक्कर-सा खाकर उलटा हो गया हो…

नहीं, कमरा उसी तरह था, चारपाई भी वहीं थी, उसी तरह, सिर्फ जो कोई चारपाई पर दर्द से तड़प रही थी, वह उठकर चारपाई के पास खड़ी हो गई, और जो कोई चारपाई के पास खड़ी हुई थी, वह दर्द से तड़पकर चारपाई पर पड़ गई…

एक बच्चे की हुआँक…

बिलकुल इसी तरह विद्या ने यह हुआँक सुनी थी, फिर चाहकर बच्चे के मुँह की तरफ देखा था—हर बच्चे का मुँह पता नहीं पहले दिन एक-सा ही होता है—नर्म-नर्म मांस का एक गुच्छा हाथों में से फिसल-फिसल पड़ता…

फिर विद्या की आँखों ने जल्दी से मांस के उस गुच्छे को टटोला—हर औरत की आँखें ऐसे ही मांस के गुच्छे को टटोलती हैं—यह देखने के लिए कि यह लड़का है या लड़की ?

लड़का !

नहीं, अभी तो वह लड़की थी…

बीते हुए बरस, पास ही कहीं बैठे हुए थे, वह धीरे-से हँस पड़े।

अँधेरे का कमंडल भी धीरे-से हँस पड़ा…

विद्या विचारों के बस में थी, पर उसके हाथ-पैर विचारों के बस में नहीं थे। वह जैसे सामने दिखती जरूरत के बस में थे। मिस राय को इस वक्त उसकी जरूरत थी, इसलिए विद्या हाजिर थी—

विद्या को जब ऐसी जरूरत पड़ी थी, तब मिस राय उसके पास थीं—चाहे सास-माँ, या बहन और भाभी की तरह नहीं, एक डॉक्टर की तरह। और अब मिस राय की जरूरत के वक्त विद्या उसके पास थी—एक डॉक्टर की तरह नहीं एक सास-माँ की तरह, एक बहन-भाभी की तरह, या सिर्फ ऐसे जैसे इंसान इंसान की दवा होता है।

दोनों में एक रिश्ता था—पर ऐसा रिश्ता जिसे कोई आँखों से देखना न चाहे,

कानों से सुनना न चाहे। पहली हिम्मत मिस राय की थी—आँखें मूँदकर उस रिश्ते पर से लाँघ गई थी, और सड़क पर खड़ी निराश्रित-सी विद्या को उसका हाथ पकड़कर अपने पास ले आई थी। उसे घर का आसरा दिया था, खाने को रोटी, पहनने को कपड़ा और उसकी गोद में ली हुई बेटी को खेलने के लिए खिलौने और पढ़ने के लिए किताबें दी थीं। फिर दूसरी हिम्मत विद्या ने की थी, घर में झाड़ू देते हुए उसने वह रिश्ता भी बुहारकर कूड़े में फेंक दिया था—जिसे कोई आँखों से देखना न चाहे, कानों से सुनना न चाहे···

सो अब दोनों में कोई रिश्ता नहीं था। दर्द से छुटकारा पाकर मिस राय ने पालने में पड़े हुए बच्चे को देखा, फिर कमरे में चीज़ों को सँभालती-समेटती विद्या की ओर। फिर हँस-सी पड़ी—''विद्या! तुझे वह दिन याद है, जब इस कमरे में···''

''मीतो जन्मी थी।''

''तब तूने इस कमरे का तेरह दिन का किराया दिया था···''

दोनों की साँसें दोनों के होंठों के पास अड़-सी गईं···

विद्या ने गर्म पानी की बोतल मिस राय के पैरों के पास रखी, फिर कंबल को दोनों तरफ से मोड़कर, ऊपर मिस राय के कंधों तक किया और फिर हँस-सी दी—''मैंने तो सिर्फ तेरह दिन का किराया दिया था, आपने तो सारी उम्र का···''

कमरे का एक दरवाजा जिस साथ के कमरे में खुलता था, वहाँ मीतो सो रही थी। शायद किसी खड़खड़ाहट से जाग गई थी, या वैसे ही माँ की चारपाई खाली देखकर वह मुँदे दरवाज़े को खोलकर इस कमरे में आ गई थी।

''मीतो! इधर आ तुझे तेरा भाई दिखाऊँ···'' विद्या ने सिसकती-सी मीतो का पल्ले से मुँह पोंछा और उसे पालने के पास ले गई।

मिस राय चौंक गई, उसे लगा जैसे मीतो की आँखें पालने के बच्चे के साथ अपना रिश्ता ढूँढ़ रही हों···

विद्या ने कैसे सहज स्वभाव से कह दिया था—''मीतो! आ तुझे तेरा भाई दिखाऊँ···'' मिस राय का जी किया वह विद्या को मना कर दे कि आगे कभी वह मीतो को यह न कहे।

मीतो का भाई··· मिस राय ने पालने की तरफ देखा, तो उसे लगा, पालने में पड़ा हुआ बच्चा उसका अपना बच्चा नहीं था—वह मीतो का भाई था, विद्या ने सच कहा था—वह मीतो का भाई था।

तब—वह मीतो इस पालने में पड़ी हुई थी···उसने खुद मीतो को पालने में से उठाकर उसके बाप की झोली में डाल दिया था। कहा था—यह लो अपनी बेटी···

आज—अगर वह पास होता, इसी तरह वह पालने में से इस लड़के को उठाती, उसकी झोली में डालती, कहती—यह लो अपना बेटा—वह यहाँ नहीं—पर जहाँ भी है—मीतो उसकी बेटी है, यह लड़का उसका बेटा है···''

उसके माथे पर पसीना आ गया···

''विद्या···''

''जी।''

''तू क्या सोच रही है?''

''कुछ नहीं···''

''इस लड़के की शक्ल···''

''निरी पूरी आपकी।''

''और मीतो की?''

सारी मेरी।''

मिस राय को फिर हँसी आ गई—यह विद्या बड़ी कम बोलती थी, सिर्फ यह नहीं कि कहती कुछ नहीं थी, लगता था—सोचती भी नहीं। सोचने से भी जैसे स्वतंत्र हो गई थी···कैसे सहज मन से कह रही थी—लड़के की शक्ल आप पर और लड़की की शक्ल मुझ पर···

विद्या ने लड़के को शहद चटाया, और फिर कंबल में लपेटते हुए कहा--''बहुत ना सोचो, सो जाओ।''

मिस राय ने चाहा, जैसे विद्या ने कहा है वह सो जाए। सोने से ऐसे ख्याल नहीं आएँगे—हमेशा आते हैं पर आज की तरह नहीं—यह क्या हो गया—किस तरह हो गया? शहर में कितनी ही डॉक्टर थीं, पर यह कोई विद्या मेरे पास क्यों नहीं आई थी?··· मरीज़ आते हैं, चले जाते हैं, पर यह विद्या···

''यह भी तो मरीज़ों की तरह आई थी, मरीज़ों की तरह चली गई थी··· फिर?

''इसका खाविंद भी ऐसे ही आया था जैसे हर औरत के साथ उसका मर्द आता है···फिर? वह फिर भी आता रहा—कभी बच्ची की दवाई लेने कभी उसकी माँ की···''

मिस राय ने तौलिए के पल्ले से माथा पोंछा, गदन और कंधे भी कुछ गीले से हो गए थे, उन्हें भी पोंछा, फिर तौलिए को सिरहाने के पास रखते हुए मिस राय को तौलिए में से एक घरेलू औरत की गंध आई—पसीना... बच्चा... दूध...

"वह शायद इसी गंध से दूर जाना चाहता था... इसीलिए विद्या के पास से चला गया था... फिर एक दिन अचानक लौटा..." पसीने की बूँदों की तरह मिस राय का माथा ख्यालों से भी भीग गया—"वह हमेशा रेशम सरीखी कोमल बातें करता था, पर वह रेशम के तार हाथों से टूटते नहीं थे... मैंने भी इस रेशम के जाल को तोड़ना चाहा था... पर मेरे पैर, सब राहों सहित, उसमें लिपट गए..."

मिस राय को अपने पैरों पर एक तरस-सा आया—"यह पैर उस रेशम के जाल में चले गए, पर राह तो बाहर रह जाते..."

मिस राय ने थककर आँखें मूँद लीं—पर आँखें और भी अंतस को झाँकने लगीं—

"यह कैसा रिश्ता था--बिस्तर की तरह बिछा लिया, बिस्तरे की तरह समेट लिया, और फिर किसी रेलवे स्टेशन पर जैसे बिस्तरा ही खो गया हो..."

मिस राय को सबकुछ याद था—पर बेतरतीब-सा। वह बहुत दिन उसके पास ही रह गया था, तब मिस राय को कहना पड़ा था कि उसने उसके साथ ब्याह कर लिया था... यह नर्सिंग होम फिर एक घर-सा बन गया था—फिर वह सारे केस अस्पताल में लेती थी—निजी तौर पर अपने पास नहीं... दो बरस... ढाई बरस... वह कोई थीसिस लिखता रहा था...

वह किताबों के वरकों में ही खुलता और सिमटता रहा... या कभी घड़ी-पल उसके जिस्म के मांस में...

मिस राय का अंग-अंग कच्चे पसीने से भीग गया—"स्टेशन पर खड़ा मुसाफिर जैसे अचानक जेब में हाथ डाले तो जेब में कुछ भी न हो... एक सुबह नहीं था वह..."

"विद्या ?"

"जी !"

"वह मीतो को खिलाया करता था ?"

"नहीं।"

"मीतो उसकी बेटी थी ?"

"मेरे लिए, पर उसके लिए नहीं।"

"उसे बेटी... बेटा... कुछ नहीं चाहिए था?"

"कुछ नहीं।"

मिस राय को परदेसी मोहरवाला वह खत याद आया—बस दो लाइनें, "कभी वापिस लौटूँगा कि नहीं, कुछ नहीं कह सकता। मेरी इंतजार न करना। ओह... आह..." मिस राय को ख्यालों का एक गोता-सा आया—"वह शायद विद्या से नहीं, मीतो के मुँह से दौड़ा था... फिर मीतो के भाई के मुँह से..."

"आप क्यों सोचती हैं इतना..." विद्या ने एक नम्रता से कहा।

"तू नहीं सोचती थी, जब वह तुझे छोड़कर गया था?" मिस राय हँस-सी भी पड़ी और रो भी दी...

"सोचती थी, पर उसे नहीं, एक मर्द के मुँह को सोचती थी..."

"ओह..."

"सिर की छत को सोचती थी, थाली की रोटी को सोचती थी..."

मिस राय को उस दिन वाली विद्या याद आई—जो मीतो के बाप की खबर सुनकर, एक दिन मिस राय के दरवाज़े पर उसे ढूँढ़ने आई थी... उसे नहीं, सिर की छत को और थाली की रोटी को ढूँढ़ने आई थी...

"विद्या?"

"जी।"

"तेरा मर्द... तू सोचती होगी मैंने छीना था..."

"नहीं, आपने तो मेरा मर्द लौटाया है..."

"वह किस तरह?"

"सिर की छत आपने दी और थाली की रोटी भी..."

"पर वह मैंने अपना गुनाह हल्का करने के लिए..."

"गुनाह तो उसका था और किसी औरत ने नहीं लौटाना था, आपने लौटाया..."

मिस राय का 'अब' फिसलकर परे जा खड़ा हुआ—उसके बिस्तरे से परे एक पालने के पास—"इस लड़के का क्या करूँगी?"

"मैं इसे पालूँगी, एक औरत जैसे पालती है..."

"और मैं?"

"आप... घर का मर्द..."

रात दरवाज़े के आगे से जोगी की फेरी की तरह गुजर गई थी। मिस राय

शायद कुछ सो गई थी, अब दिन उगनेवाला था। पर अँधेरे का कमंडल उसी तरह कमरे में पड़ा हुआ था।

मीतो फिर अपने कमरे में से उठकर सिसकती-सी इस कमरे में आ गई थी। पालने का बच्चा शायद भूख से बिलख पड़ा था, विद्या स्टोव पर उसके लिए दूध गर्म करने लगी तो मिस राय को लगा—जैसे अँधेरे के कमंडल में से दो बच्चे निकलकर इस कमरे में रो रहे हों…।

दुनिया के कुछ नावलों के वह पात्र जिनके अस्तित्व को,
लगा—मैंने किसी घड़ी बहुत पास से छूकर देखा है।
सिर्फ छूकर नहीं, उनके वजूद में से गुजरकर भी।
उनके कुछ साँस अपनी छाती में डालकर,
और उनके होंठों की बात अपने होंठों पर रखकर।

—अमृता प्रीतम

मैं राशेल[1]

विनसैंट ! एक दिन तुमने अपने मन की सारी पीड़ा को एक वाक्य में समेट, कहा था–अगर तुम अपनी बनाई तस्वीरों को कभी खुद ही खरीद सकते–तुम्हें मालूम है इस जैसे किसी एक वाक्य के पीछे बहुत बड़ा इतिहास होता है। इस इतिहास में वे सब सपने होते हैं जो हमारे अधूरेपन को हमेशा एक शीशे के सामने बिठा देते हैं। इस इतिहास में वे सब हादसे होते हैं जिनसे बँधे हुए हमारे पाँव हमेशा अपनी उँगलियों पर से लहू पोंछते रहते हैं। और इस इतिहास में हमारा वह सारा अस्तित्व होता है जो स्वयं में पूर्ण होने के लिए बिलखंता रहता है–मेरा अस्तित्व भी अपने इतिहास को समेटे हुए ऐसा ही एक वाक्य बना हुआ है कि अगर मैं अपने होंठों में रुकी हुई बात अपने ही कानों को सुना सकती–पर जिस तरह अपने बनाए हुए चित्र कोई खुद नहीं खरीद सकता, अपने होंठों की बात कोई अपने कानों को नहीं सुना सकता।

बात सुनने के लिए कान किसी दूसरे के चाहिए, पर कान ही तो नहीं हैं। तुम्हारे पास कितने प्यारे कान थे, छोटे-से, गोल-से। मेरी उँगलियाँ सदा तुम्हारे कानों से खेलती रहती थीं। तुमने मुझे कहा था कि मेरी उँगलियाँ गुदाज़ थीं, और जब तुम्हारे कानों को छूती थीं वे गुटर-गूँ गुटर-गूँ करती थीं। और इसलिए तुमने मेरा नाम कबूतरी रख दिया था। मैं तुम्हारी वही कबूतरी हूँ, तुम्हारी राशेल।

तुम अपने जिस्म की जिस जरूरत को लेकर मेरे पास आए थे, उस जरूरत को पूरा करने की कीमत सिर्फ पाँच फ्रैंक थी। तुमने पाँच फ्रैंक सराय के मालिक

---

1. इर्विंग स्टोन के नावल 'लस्ट फार लाइफ' में डच चित्रकार विनसैंट वानगाग की एक प्रेमिका 'राशेल'

को दिए और घड़ी-भर के लिए मुझे खरीद लिया। तुमने लाल शराब की एक बोतल भी खरीदी थी। मैं भी शराब की तरह एक वस्तु थी। तुमने अपने होंठों से शराब का घूँट भी भरा और मेरे जिस्म की गंध का भी।

पर औरत जब वस्तु बनती है, उसका कितना-कुछ ऐसा भी बाकी रह जाता है जो कि वस्तु नहीं बनता। मैं तुम्हें रोज चाहिए थी, पर तुम्हारे पास रोज पाँच फ्रैंक नहीं होते थे, इसलिए तुम उदास हो जाते थे। मैं तुम्हें कहा करती थी—तुम रोज मुझे पाँच फ्रैंक न दिया करो, उनके स्थान पर मुझे अपने कानों से खेल लेने दिया करो। वस्तु को सिर्फ पाँच फ्रैंक चाहिए थे, पर यह बात वस्तु ने नहीं कही थी, उस कितने कुछ ने कही थी, जो वस्तु बनने से बचा रह गया था। यह वही कितना-कुछ था जो मेरे होंठों से निकलकर तुम्हारे कानों तक पहुँचना चाहता था।

मुझे मालूम था तुमने शुरू से ही मुझे एक वस्तु की तरह आँका था। तुमने सराय के मालिक को पाँच फ्रैंक देने से पहले मुझे देखना चाहा था। मैं तुम्हें छोटी-सी बच्ची लगी थी—पर मैंने तुम्हें विश्वास दिलाया था कि मैं सोलह वर्ष से कम नहीं थी। गैस की पीली रोशनी मेरी पीठ की ओर थी, मैं पीछे दीवार की तरफ सरक गई थी, और गैस की बत्ती को ऊँचा कर मैंने उसकी रोशनी अपने चेहरे पर पड़ने दी, ताकि तुम मुझे अच्छी तरह से देख सको। तुम कितनी ही देर मेरी नीली आँखों में देखते रहे, और फिर अपनी आँखों से मेरी गर्दन और छाती को मापते रहे, और फिर तुमने फैसला कर लिया कि मैं बहुत सुंदर हूँ।

"मैं तुम्हें कैसा लगता हूँ?" तुमने मुझसे पूछा था।

मैं तुम्हें रोज गली में से गुजरते हुए देखा करती थी। तुम अपनी पीठ पर एक बड़ा-सा थैला लिए हुए होते थे। तुम सिर पर हैट नहीं लगाते थे, और मैं रोज सोचती थी कि तुम्हारे सिर को बड़ी धूप लगती होगी। धूप के कारण तुम्हारी आँखों में लाल डोरे खिचे हुए थे। तुम मुझे बड़े अच्छे लगते थे। लोग तुम्हें दीवाना कहते थे और तुम्हें मजाक में 'फाऊ राऊ' कहकर बुलाते थे।

तुम जब मेरे छोटे-से कमरे में आकर मेरी चारपाई पर बैठ गए तो मैंने दीवार से टँगी हुई अपनी दोनों गुड़ियों को उतारकर तुम्हारी बाँहों में डाल दिया। सराय में आने से पहले मैं अपने गाँव में इन गुड़ियों के साथ खेला करती थी, अपनी सहेलियों के साथ 'घर-घर' खेला करती थी... सरायों में 'घर-घर' नहीं खेला जाता। जो भी आदमी पाँच फ्रैंक देकर आता है वह सराय में आते

'समय घर का सपना अपने साथ लेकर नहीं आता। पर तुम्हें देखकर मेरा 'घर-घर' खेलने का मन हुआ था।

तुम मेरी दोनों गुड़ियों को दोनों हाथों में पकड़कर हँसने लगे तो मैंने तुम्हें कहा था—'मैं इन गुड़ियों की माँ हूँ, तुम इन गुड़ियों के पिता।' मेरी बात तुम्हारे कानों में से गुजर तुम्हारे दिल में उतर जाए इसलिए यह बात कहते हुए मैंने तुम्हारे कानों को चूम लिया था। 'मेरा दीवाना, मेरा फाऊ राऊ', मैं तुम्हारे कान चूमते हुए तुम्हारे कानों में कहती रही थी।

तुम्हें याद है जब तुमने पीली कोठी के आधे भाग को किराए पर ले उसमें अपना स्टूडियो बनाया था, और पहले दिन छोटा-सा स्टोव खरीद तुमने उस पर अपने लिए खाना बनाया था तो तुम्हारे पास चम्मच कोई नहीं था। रोटी खाते समय तुमने मांस की तश्तरी में से मांस का टुकड़ा निकालने के लिए अपने ब्रुश को उलटाकर, उसकी डंडी को चम्मच बना लिया था। उस दिन तुम्हें अपनी रोटी में से अपने रंगों की खुशबू आती रही थी।—पर तुम्हें यह मालूम नहीं कि तुम जब शाम को मेरे कमरे में आ, मुझे अपनी बाँहों में भींच लेते थे, तो मेरा अंदर-बाहर तुम्हारे रंगों की खुशबू से भर जाता था। तुम चले जाते थे तो मुझे सारी रात अपने शरीर में से तुम्हारे रंगों की खुशबू आती रहती थी। मैं सोचती थी तुम्हें किसी दिन अपना वह सपना भी सुनाऊँगी, जिसमें से, जब मैं सो जाती थ।, तो तुम्हारे रंगों की खुशबू आती थी।

और जब तुम्हारा चित्रकार दोस्त पाल गौगाँ तुम्हारे पास रहने के लिए आया था, एक रात उसने भी तुम्हारे साथ उस सराय में आना चाहा था, तो मुझे मालूम है कि तुमने उसे सख्त ताकीद की थी—"तुम सराय की कोई लड़की चुन लेना, पर राशेल को नहीं चुनना। राशेल सिर्फ मेरे लिए है" तो मैंने समझा कि मेरे मन की बात तुम्हारे कानों तक पहुँच गई थी। और मैं अपनी गुड़िया की तरह, इस पटोले जैसी बात के साथ भी खेलने लगी कि मैं सिर्फ तुम्हारे लिए थी।

"अब तुम मुझे प्यार नहीं करते," मैंने एक अधिकार से तुम्हें उलाहना दिया।

"तुम यह कैसे कह सकती हो, मेरी कबूतरी।" तुमने मेरी गर्दन पर अपने होंठ रख मुझसे पूछा था।

"तुम कितने दिन मुझे मिलने नहीं आए, तुमने मुझे भुला दिया है।" मैंने बड़े लाड़ से तुम्हें ताना मारा।

"मैं अपने दोस्त के लिए घर सजा रहा था। उसके स्टूडियो में फूल लगाता रहा, बाहरली दीवार को मैं फिर पीला रंग करता रहा—पर तुम्हें मैं हमेशा याद करता रहा हूँ," तुमने मुझे बताया।

"तब भी जब तुम मुझसे दूर थे?" मैंने इठलाते हुए पूछा।

"तब भी," तुमने मुझे विश्वास दिलाया।

"यह अपना कान मुझे दे दो—" मैंने हौले से कहा, और मेरी उँगलियाँ मेरे होंठों की तरह तुम्हारे कानों के पास गुटर-गूँ गुटर-गूँ करने लगीं।

और फिर एक दिन दुपहर का समय था। जाने कैसा सूरज चढ़ा था, कण-कण झुलसा जा रहा था। तुम सिर पर तौलिया बाँधे आए, और मेरे हाथों में कागज की एक पोटली पकड़ा, कहने लगे—"मैं तुम्हारे लिए एक चीज़ लाया हूँ।"

मैंने उस चीज़ के गिर्द लिपटा हुआ अखबार का कागज़ खोला। उसके अंदर एक ड्राइंप-पेपर था, उसके अंदर एक और, और उसके अंदर तुम्हारा कटा हुआ कान पड़ा हुआ था—आगे मुझे कुछ मालूम नहीं। जब मुझे होश आया, मैंने देखा मैं सीढ़ियों के नीचेवाले पत्थर पर गिरी पड़ी थी।

तुम मेरे पास से जा चुके थे। पहले हस्पताल तक दूर, फिर पागलखाने तक दूर, फिर इस दुनिया से भी दूर। मैं अपने मन की बात का क्या करूँ? वर्षों पर वर्ष बीतते गए हैं। मैं जिंदा नहीं, पर वह बात जिंदा है। —मैं सराय की वह लड़की थी, जिसकी एक रात की कीमत सिर्फ पाँच फ्रैंक थी, पर मेरे अंदर जो कुछ वस्तु नहीं बन सकता था, उस कुछ की बात सुनाने के लिए समय के पास कान नहीं थे। उसी कुछ की बात सुनाने के लिए मैंने तुससे तुम्हारा कान माँगा था। तुमने मुझे अपना कान दे दिया, पर विनसैंट मैंने तुम्हारा कान इस तरह नहीं माँगा था, खुदा जानता है इस तरह नहीं।

मैं लिडिया[1]

चार्ले ! तुम मुझे उस लकीर पर खड़े होकर मिले, जो इस दुनिया को दो हिस्सों में बाँटती है–

लकीर के एक ओर सपनों पर रंग चढ़ता है, दूसरी ओर सपनों पर चढ़ा हुआ रंग बेरंग हो जाता है–

एक ओर हर समय जीवन को गर्माए रखनेवाली सुरक्षा होती है, दूसरी ओर जीवन पर हर समय छाया रहनेवाला ठंडा सहम–

अच्छाई दोनों ओर होती है, पर एक ओर वह गोल छोटे पत्थर की तरह तुम्हारे हाथों में खेलती रहती है, दूसरी ओर वह तुम्हारी मुट्ठी में पकड़े हुए उस नुकीले पत्थर की तरह्र हो जाता है, जिसकी नोक हर समय तुम्हारी हथेली में चुभती रहती है, तुम्हारे मन में चुभती रहती है, तुम्हारे दिमाग में चुभती रहती है–

तुमने फ्रांस के एक होटल में जब मुझे देखा था, तुमने पाया था कि मेरे जिस्म का रंग शहद जैसा था । पर इस शहद में मेरे मन की मक्खी भी बैठी हुई थी । तुम्हारे कोमल-से मन ने इस मक्खी के डंक को छू लिया–इसके कारण चढ़नेवाला सोजश का तुम्हें पता नहीं था–

तुम तेईस साल की उमर में अपने अमीर बाप से पैसे लेकर फ्रांस देखने के लिए आए थे–फ्रांस की जवानी देखने के लिए, अपनी जवानी के जशन के लिए । और तुम फ्रांस की कला देखने के लिए आए थे । आर्ट गैलरियों में खड़े हो जब तुमने रंगों की, लकीरों की और उनके संतुलन की बातें कीं, मैं बिलख उठी । यह कला तुम्हारे जैसे खूबसूरत, जवान और अमीर लड़के के लिए रंगों और रेखाओं का संतुलन थी, पर मुझ जैसी अकेली, साधारण और गरीब लड़की के लिए जिंदगी का साथ था, जिंदगी की तृप्ति थी, जिंदगी की पनाह थी ।

मैं एक तस्वीर के सामने खड़ी, तस्वीर की तरह जड़ हो गई थी । 'रोटी का टुकड़ा और शराब का एक प्याला' तुमने उस तस्वीर की तशरीह की थी । पर जैसे हर तस्वीर की एक जबान होती है, मेरी भी एक जबान थी, मैं तुम्हारे कानों में बिलख पड़ी, ''यह हमारी जिंदगी की एक तमन्ना है । तन की भूख के लिए

1. सामरसेट माम के नावल 'क्रिसमस हालीडे' की पात्र लिडिया ।

रोटी का एक टुकड़ा और मन की प्यास के लिए मुहब्बत के कुछ कतरे। हम दुख और भूख के मारे हुए लोगों की तमन्ना! पर यह इतना-सा भी हमारी किस्मत में कहाँ? चार्ले! यह तस्वीर हमारी एक चीख है—"

मैंने जब पहली बार यह चीख सुनी थी, इसकी पीड़ा से मेरे जिस्म का आधा हिस्सा मारा गया था। वेश्या बनना, ऐसा इंसान बनना है जिसके जिस्म का आधा हिस्सा मारा गया हो—

मेरी छाती में ऐसा दिल है, जो कुछ दिनों के लिए, या कुछ वर्षों के लिए किसी से मुहब्बत नहीं कर सकता, उसकी मुहब्बत, उसकी उमर जितनी ही हो सकती है। इस तरह के मन को अपनी छाती में रखे, रोज अपना तन किसी को बेचना, क्या जिस्म के आधे हिस्से के मारे जाने का सबूत नहीं?

तुमने जब यह चीख सुनी, इसकी पीड़ा से तुम्हारे जिस्म का आधा हिस्सा मारा गया। चिंतक बनना भी ऐसा इंसान बनना है. जिसके जिस्म का आधा हिस्सा मारा गया हो—

मैं पाँच दिन तुम्हारे होटल के कमरे में रही। तुम अपनी जवानी का जशन मनाने के लिए फ्रांस आए थे, पर मुझसे बातें करते हुए तुम्हें अपनी जवानी की बात भूल गई। अंगों में जवानी की चमक और जेब में हजारों के नोट पा, चुपचाप बैठे रहना, देखते जाना और सोचते जाना भी क्या जिस्म के आधे हिस्से के मारे जाने का सबूत नहीं?

मेरा बाप रूस का एक अमनपसंद शहरी था। समय की उथल-पुथल ने उसे गलत समझा और मरवा दिया। मैं घर से बेघर हुई और जुबान से बेजुबान। जिंदा रहने के लिए रोटी का एक टुकड़ा चाहिए था और मुहब्बत के कुछ कतरे—

मैंने फ्रांस के एक बहुत ही खूबसूरत आदमी से प्यार किया, पर वह कत्ल के इल्जाम में पकड़ा गया और अब पंद्रह साल के लिए जेल में पड़ा हुआ है। मैं उसके वापस आने का इंतजार कर रही हूँ, और मैं वेश्या हूँ—

मैं, जिसने सपने में भी पराए मर्द का अंग नहीं छुआ—

चार्ले! तुम्हारे पास सबकुछ है—तुम्हारा देश, तुम्हारी जुबान, पर चिंता के कारण तुम्हारा रंग हल्दी-सा पीला हो गया है। तुम जब मुझसे मिलकर अपने माँ-बाप के पास वापस इंग्लैंड गए, तो उन्होंने समझा कि फ्रांस की किसी लड़की ने तुम्हें कोई बुरी बीमारी दे दी थी। वे डॉक्टरों को बुलाने की फिकर करने लगे थे। तुम, जिसने एक पल के लिए भी किसी लड़की के अंग का स्पर्श नहीं किया था…

चार्ले ! इंसान के जिस्म का यह आधा हिस्सा क्यों मारा जाता है ? मैं वेश्या हूँ, इस प्रश्न का उत्तर नहीं ढूँढ़ सकती, पर तुम चिंतक हो, तुम इस प्रश्न का उत्तर जरूर ढूँढ़ना—

मैं मारिया[1]

आपने कई बार उस मैदान के बारे में देखा-सुना होगा, जहाँ कोई घमासान युद्ध हो रहा हो। मुझे सिर्फ यह कहना है कि जंग का मैदान सिर्फ धरती का टुकड़ा नहीं होता, इनसान की छाती भी हो सकता है।

मेरी छाती में सारी उम्र दो फौजें तनकर बैठी रहीं। गले में जंग की वरदी पहन, हाथों में हथियार पकड़, और दिल में एक खौफ़ लिए—यह खौफ़ बड़ी अजीब चीज़ होती है, यह जिसके दिल में आकर बैठ जाए, वह आदमी खौफ़नाक भी होता है और खौफ़ज़दा भी। सो एक ही समय में दोनों फौजें एक-दूसरी को डरा भी रही थीं और एक-दूसरी से डर भी रही थीं। अगर इस तरह कहूँ—कि ये दोनों ताकतें दो धड़ थे, 'लाजिक' का सिर दोनों को नसीब नहीं हुआ था। यह मुझे मालूम था कि किसी दिन मेरे साथ मुहब्बत-जैसी घटना घटेगी, इस घटना के स्वर्ग की मैं कई बार कल्पना किया करती थी, पर अपनी आँखों-देखी, अपनी माँ की मौत के कारण, मुझे यह भी पता था कि इस घटना में एक ऐसा दर्द होगा—दोज़ख-जैसा दर्द—जिसमें से मुझे उमर-भर गुज़रना होगा।

यही वह लकीर थी जहाँ खड़े होकर मेरी छाती में जंग शुरू हुई थी और फैलिक्स ! तुम्हें देखना और मिलना ऐसे था जैसे मेरे दोनों हाथ एक स्वर्ग को पकड़ने के लिए उठ गए हों और मेरे दोनों पाँव एक दोज़ख की आग में जल रहे हों—

पहला 'डिफैंस' मैंने यह लिया था कि मैंने तुझे भाई कहकर बुलाया था। पर

1. पियर ला म्युर के नावल 'बियोंड डिज़ायर' की पात्र मारिया।

'डिफैंस' खाली फायर-जैसा था, जिससे न तुम डरे थे न मैं।

दूसरा 'डिफैंस' मैंने यह लिया था कि तुम्हारे पास जितने पैसे थे, मैंने वह खर्च करवा दिए, ताकि तुम घबराकर लंदन से जर्मनी वापस चले जाओ। पर यह 'डिफैंस' भी निशाने से चूक गए गोले-जैसा था, जिसे हवा में से गुजरते देख तुम हँस दिए थे।

तुम्हें याद होगा कि एक दिन तुमने मेरे साथ चलते हुए किसी खूबसूरत औरत को ऐसे देखा था कि मेरे भीतर की प्रेमिका की सारी ईर्ष्या एक ही बार में जागकर मेरी आँखों में लहू भर गई थी। यह जैसे कुछ हथियार थे जो तुमने मेरे भीतर छिड़े युद्ध को बढ़ावा देने के लिए उस दिन भेज दिए थे।

इसका बाहरी रूप भी भयानक था, मैं तुम्हें, जो कुछ मेरे हाथ में आया, उससे, पीटने लगी थी, और नोचने लगी थी, जिसका अंत इससे कम कुछ नहीं हो सकता था कि मैं अपने जिस्म के होंठों से तुम्हारे जिस्म को एक ही साँस में पी लूँ। नर्क में जल रहे भावों के साथ भी मैं सारे स्वर्ग को अपनी बाँहों में भर लेना चाहती थी—मैंने वह इकरारनामा फाड़ दिया, जिससे मुझे स्टेज पर गाने के दो हज़ार गिन्नी मिलते थे, और मैंने लंदन की शोहरत को, दौलत को, और शायद होश-हवास को भी अलविदा कह, एक गाँव में वह ऐतिहासिक महल किराए पर ले लिया, जिसमें इंग्लैंड की मलिका कभी रह चुकी थी।

यह किराया चुकाने के लिए मैंने अपना हर कीमती ज़ेवर बेच दिया था, पर फिर भी मुझे इसमें रहना सस्ता लगा (मैं छोटी होती जब नंगे पाँव इटली में फूल बेचा करती थी, तो उस गरीबी में मैंने इस महल का सपना देखा था। तुमसे मिलकर मुझे लगा था कि उस सपने को सच करनेवाली घड़ी आ गई थी, और सारी उमर का सपना जब सच होने लगे तो उस घड़ी उसकी हर कीमत सस्ती लगती है)।

स्वर्ग मेरी बाँहों में था, पर मेरे पाँव हवा में लटक रहे थे। पाँव धरती पर रखती थी तो धरती पर दोज़ख की आग जलती हुई महसूस होती थी—मैं जान गई थी कि मैं तुम्हें मज़ा देती थी, पर 'खुशी' नहीं। कुएँ में से पानी निकालती और फर्शों को धोती जब मैं गाती थी तो तुम मेरी आवाज़ से ऊबने लगे थे। उस आवाज़ से—जिसे सुनने के लिए लोग दो हज़ार गिन्नियाँ देते थे—और मुझे लगा—तुम्हारे मन के सूनेपन को भरनेवाली मैं 'वस्तु' नहीं थी सिर्फ उस शून्य को ढकनेवाला एक ढकना थी!···

इसलिए एक दिन तुम्हें सोता हुआ छोड़कर मैं तुमसे दूर चली गई–

तुम्हारी नज़रों में भी मैं देनदार हूँ फैलिक्स ! और लगता है, मेरी इस कहानी को पढ़नेवाले हर पाठक की नज़रों में भी मैं देनदार हूँ । पर किसी को पता नहीं कि मेरे अंदर कैसा घमासान युद्ध छिड़ा हुआ था । यह किसी एक तरफ की हार या जीत का प्रश्न नहीं था–जो भी हारता वह मेरा ही एक हिस्सा होना था–पर फैलिक्स तुमसे दूर जाना सिर्फ ऐसे था जैसे जंग के मैदान को और उसके रक्तपात को तुमसे दूर ले जाना । उन ताकतों को दूर ले जाना, जिन्हें सिर्फ धड़ नसीब हुए थे, पर सिर नहीं नसीब हुए थे ।

मैं बलाश[1]

डर्क स्टरोएव के स्टूडियो में मैं दीवार की ओर मुँह किए खड़ी थी । किसी के सीढ़ियों चढ़ने की आवाज़ आई···

फिर मैंने सुना–कमरे के दरवाज़े के पास खड़ा होकर कोई कमरे को लगे हुए ताले में एक चाबी घुमा रहा था···

चाबी की आवाज़ सुन मेरे शरीर की सब रेखाएँ काँप उठीं, फिर दरवाज़ा खोलकर जब कोई कमरे के अंदर आ गया, तो मुझे लगा मेरी पीठ पर उसने अपनी दोनों आँखें गड़ा दी थीं···

घबराई हुई आँखों के भार को पीठ पर उठा सकना मेरे लिए बड़ा कठिन था । मैं जल्दी वहाँ से कहीं चले जाना चाहती थी, पर मेरे सामने ईंटों की एक बहुत बड़ी दीवार खड़ी थी, मैं कहीं नहीं जा सकती थी···

कमरे में आनेवाले ने दीवार में मुँह छुपाने का मेरा अधिकार भी छीन लिया,

1. मामरमेट माम के नावल 'द मून एण्ड सिक्स पैन्स' की एक पेंटिंग 'बलाश' ।

और खिड़कियों के आगे टँगे हुए मोटे पर्दों को सरकाकर कमरे में आ रहे प्रकाश की सहायता से वह मेरे मुँह की ओर देखने लगा···

मेरा सारा बदन नंगा था, उसने मेरे एक-एक अंग को देखा, और फिर पटककर मुझे ज़मीन पर गिरा दिया···

मैं जाने कितनी देर औंधे मुँह ज़मीन पर पड़ी रही, फिर पता नहीं उसे क्या खयाल आया, उसने मुझे ज़मीन पर से उठा दीवार पर टाँग दिया। इस बार वह अपने हाथ में एक चाकू पकड़े हुए था···

मेरे अंग नंगे थे, और उनके सामने हवा में एक चाकू लहरा रहा था···

हवा में लहराता हुआ चाकू मैंने पहले भी एक बार देखा था। एक रोमन शहज़ादे के घर में मैं गवरनैस थी। घर की हर चीज़ बड़ी कीमती थी। रोमन शहज़ादे ने मुझे बड़ी कीमती चीज़ें दीं। इन चीज़ों में से एक चीज़ कीमती ग़लतफ़हमी भी थी—मैंने सोचा वह मुझसे विवाह कर लेगा। पर जिस वक्त उसने अपना बच्चा मुझे दे दिया तो वह खुशफ़हमी मुझसे वापस ले ली···

मेरा मांस का बुत गली में बेचारा-सा बना खड़ा था, और मेरे सामने हवा में ज़िंदगी के खौफ़ का चाकू लहरा रहा था···

इस चाकू से बचने के लिए मैंने डर्क स्टरोएव से विवाह कर लिया। वह जल्द ही मुझे फ्रांस ले गया, और मैंने उसके घर की दीवारों को इस तरह अपने गिर्द लपेट लिया कि हवा में लहराता हुआ चाकू किसी तरह से भी मुझ तक न पहुँच सके···

स्टरोएव एक सीधा-सादा आदमी था, पर उसके बनाए हुए चित्र बिक जाया करते थे, उसे पैसों की कमी नहीं रहती थी। मुझे उससे मुहब्बत नहीं थी, न उसकी कला से ही, पर मैं उसके लिए रोटी बनाकर खुश थी, उसके कपड़े सीकर खुश थी, उसके बनाए चित्रों को दीवारों पर सजाकर खुश थी।

एक दिन स्टरोएव ने मुझे बताया कि वह अपने एक बीमार दोस्त को अपने घर लाकर रखना चाहता था। इस दोस्त को मैंने देख रखा था। यह उस समय का एक बहुत बड़ा चित्रकार था। मैंने स्टरोएव की अब तक हर बात मानी थी, पर यह नहीं मानी। एक नहीं हज़ार मिन्नतें कर यह बात मानने से इनकार कर दिया। पता नहीं क्यों मुझे ऐसा लगा कि जब मैं लाल बालों और विलासी होंठोंवाले चार्ल्स सट्रिकलैंड के लिए घर का दरवाज़ा खोलूँगी, तो हवा में लहराता हुआ चाकू दरवाज़े में से लाँघकर मेरे कमरे में आ जाएगा···

स्टरोएव ने ज़िद्द पकड़ ली। अब सोचती हूँ—उसने नहीं, वह तो बड़ा अच्छा था, मेरी हर बात मान लेता था, हवा में लहराते हुए चाकू ने ज़िद्द पकड़ ली थी। स्टरोएव अपने दोस्त को घर ले आया। मैंने अपना सिर झुका दिया और मर्ज़ी भी। मुझसे जितनी सेवा हो सकती थी, मैंने हाज़िर कर दी।

सट्रिकलैंड का जब बुखार उतर गया, उसने हाथ के इशारे से बाँधकर मुझे सामने बिठा लिया। जैसे-जैसे वह मेरे जिस्म को कैनवैस पर उतारता जा रहा था, मुझे लग रहा था, मेरा जिस्म मुझ पर से उतरता जा रहा था और कैनवैस पर चढ़ता जा रहा था···

मैंने अपने जिस्म पर से जब कपड़े उतारे थे, मुझे अपनी तकदीर का पता नहीं चल सका था। पर जब मैंने अपने मन पर से अपना जिस्म उतार दिया, मुझे अपनी तकदीर का पता चल गया। मैं सट्रिकलैंड से मुहब्बत करने लगी थी···

''मेरे पास मुहब्बत करने के लिए बिलकुल वक्त नहीं। तुम्हारा जिस्म बहुत खूबसूरत है। मैं कुछ दिन इसकी ओर देखता रहूँगा, कितनी ही बार इसे कैनवैस पर उतारूँगा, पर इससे अधिक समय मेरे पास नहीं,'' सट्रिकलैंड ने मुझसे कहा।

''पर मैं अपने समय का क्या करूँ?'' मैंने उससे पूछा।

उत्तर उसके पास भी कोई नहीं था, मेरे पास भी कोई नहीं था, पर उत्तर का होना ही तो प्रश्न के अस्तित्व का प्रमाण नहीं होता···

स्टरोएव को पता लगा, उसने अपना स्टूडियो मुझे दे दिया, उसने मुझे सट्रिकलैंड के सहारे छोड़ दिया···

सट्रिकलैंड ने हवा के सहारे···

और हवा ने अपने चाकू के सहारे···

मुश्किल से तीन महीने गुज़रे थे कि हवा में लहराता हुआ चाकू मेरे प्याले में आकर बैठ गया, और फिर पिघलकर एक एसिड बन गया। मैंने उस एसिड को पी लिया। कुछ दिन हस्पताल में तड़पना पड़ा, पर स्वयं के बंधन से मुक्त हो गई।

मैं भूल गई—मेरा अस्तित्व केवल मेरा मांस का बुत नहीं था, रंगों और रेखाओं का एक वह बुत भी था, जो सट्रिकलैंड ने कैनवैस पर बनाया था। वह बुत अभी बाकी है···

पता नहीं, मैंने अपने मांस के बुत को जब एसिड का एक प्याला पीने को

दिया था, तो कैनवैस के बुत को भी एक प्याला देने का खयाल मुझे क्यों न आया। मैं हस्पताल में थी जिस समय मुझे लगा कि एसिड से झुलसे और काले हुए मेरे मांस के होंठ, जब ज़िंदगी से मिलनेवाली पीड़ा से हँस रहे थे, तब जवान और लाल, मेरे कैनवैस के होंठ, ज़िंदगी से मिलनेवाली सज़ा से रो रहे थे...

स्टरोएव के मन को समझ सकती हूँ—उसकी ईर्ष्या को भी, उसके गुस्से को भी, उसके तरस को भी, उसकी निराशा को भी। वह जब हस्पताल में से मेरी लाश को लेकर और दफनाकर वापस अपने स्टूडियो में आया, मैं दीवार की ओर मुँह किए खड़ी हुई थी। उसने दीवार में मुँह छिपाने का अधिकार मुझसे छीन लिया। मैंने जब उसकी ओर देखा, उसकी मुट्ठी में एक चाकू पकड़ लिया और चाकू हवा में लहरा रहा था—

"तुम्हारा अस्तित्व मुझसे सहन नहीं हो पा रहा, एक पल के लिए भी नहीं... और स्टरोएव की चीख-जैसी आवाज़ मेरे कानों में भर गई।

मेरा अंग-अंग निरस्त्र था, न मैं स्टरोएव का हाथ पकड़ सकती थी, न उसकी आवाज़ से बचने के लिए अपने कान बंद कर सकती थी। न उसे देखने से अपनी आँखें बंद कर सकती थी और न मुँह से कुछ बोलकर उससे क्षमा माँग सकती थी...

फिर मैंने देखा उसका हाथ ढीला पड़ गया। उसका मुँह खुले का खुला रह गया। उसकी नीली आँखें देखती की देखती रह गईं। उसकी छाती ने धड़ककर उससे कहा—यह हुनर का शाहकार है, तुम इसे नहीं मिटा सकते...

स्टरोएव ने चाकू दूर फेंक दिया। आँखें दूसरी ओर कर लीं। पर मैं देख सकती थी—चाकू अभी भी हवा में लहरा रहा था...

मैं उस दीवार पर से उतरकर एक दूसरी दीवार पर टँग गई। दूसरी दीवार पर से उतर एक अन्य दीवार पर...

मैंने एक चाकू को एसिड बनाकर पी लिया था। पर इस दूसरे चाकू का कुछ नहीं कर सकती। मेरा कैनवैस का बुत सदा काँपता रहता है... चाकू अभी भी हवा में लहरा रहा है...

मैं गैबी[1]

कोई इनसान जब अपनी आँखों में एक चमकता हुआ खयाल पा लेता है, तो नींद से लेकर जागने तक और जागने से लेकर नींद तक उसकी मंज़िल की तरफ चलता, और रास्ते में खड़ी मुखालफत से टकराता, आखिर जब मुखालफत की गाड़ी हुई सूली पर चढ़ जाता है तो उसे शहीद कहा जाता है। पर जो कोई अपनी आँखों में एक चमकता हुआ खयाल भी पा ले, फिर नींद से लेकर जागने तक, और जागने से लेकर नींद तक, उसकी मंज़िल की तरफ भी चलता रहे, पर फिर खुद ही अपना मुखालफ बन अपने रास्ते में खड़ा हो जाए, और फिर खुद ही एक सूली गाड़ उस पर चढ़ जाए, तो पता नहीं उसे क्या कहना चाहिए। उसे शहीद नहीं कहा जा सकता। मैं मानती हूँ। पर उसे गैबी ज़रूर कहा जा सकता है। मैंने इन दोनों शब्दों को एक ही स्थान पर रखने के लिए यह बात नहीं कही, अपने बदनसीब नाम की कसम, मैं शहीद शब्द का दर्जा बहुत बड़ा समझती हूँ, और उस शब्द के पाँवों में खड़ी होने के लिए मैंने दुनिया का सबसे छोटा दर्जा चुना है—गैबी। सच कहती हूँ मुझे अपने नाम से छोटा दर्जा और कोई नहीं मिला।

क्लाड ! मेरी आँखों में तुम्हारी मुहब्बत की सिर्फ चमक नहीं पड़ी थी, सारे का सारा सूरज ही पड़ गया था। और मेरी ज़िंदगी में कभी वह दिन नहीं आया, जब मैंने इस सूरज की ताब न झेली हो। अँधेरा कहीं दिखाई न दे रहा था, पर मैं तो घर से अँधेरा खरीदने के लिए निकली थी—मैंने सोचा था मैं अपना हुस्न सिर्फ उसे दूँगी जो महल-जैसे घर से, सोने की तारों-जैसे कपड़ों से और राजाओं के दस्तरख्वानों-जैसी रोटी से उसकी कीमत चुका सके।

तुम्हें याद होगा मैं तुम्हें अक्सर कहा करती थी—तुम अपना सूरज किसी और को दे दो। अगर मैंने तुम्हारी रोटी पकाते, तुम्हारे मैले कपड़े धोते, और तुम्हारे चेहरे की तरफ देखते, इस सूरज के साथ खेलते-खेलते अपनी जवानी गुज़ार दी तो फिर मैं अँधेरा कब खरीदूँगी ? अँधेरा तो सिर्फ जवानी में खरीदा जा

1. पियरे म्युर के नावल 'क्लेयर डि ल्यून' में फ्रांस के एक संगीतकार क्लाड डैब्सी की प्रेमिका गैबी।

सकता है…तुम्हारा कसूर नहीं। मेरे अपने ही होंठ मेरे शब्दों का कहना नहीं मानते थे। मेरे होंठ जब तुम्हारी साँसों को छूते थे, वे अपने शब्दों के सामने झूठे पड़ जाते थे और अँधेरे की बात भूल जाते थे। मैं कई बार उन्हें ज़बरदस्ती अँधेरा पिलाया करती थी कि मैंने एक गरीबी के मारे हुए कलाकार से मुहब्बत नहीं करनी, मुझे कारीलिन की तरह वह हसीना बनना है जिससे तीस मिनट माँगने के लिए किसी को एक हज़ार दो सौ पचास पौंड देने पड़ते थे…पर तुम जब मेरी तरफ देखते थे तो अँधेरे का प्याला मेरे हाथों से छूट जाता था। और जिसका मतलब था कि मैंने वे सब पौंड तुम पर निछावर कर देने थे जो वर्षों से मेरे खयालों में छनक रहे थे।

खुद से नाराज़ होकर मैं तुम्हारे कमरे की उस छत की ओर देखने लगती थी, जो जब भी वर्षा होती थी, चूने लगती थी, और जिसे मकान-मालकिन कभी भी ठीक नहीं करवाकर देती थी क्योंकि तुम कभी भी उसे पूरा किराया नहीं दे पाते थे। और फिर जब मैं इस छत के नीचे से भाग जाने के लिए उठती थी, तो मेरी रीढ़ की हड्डी मेरी पीठ में रोने लगती थी।

तुम्हें याद होगा हम छुट्टियों में एक खेल खेला करते थे। मैं जब दूसरे-तीसरे दिन बाज़ार से सब्जियाँ लाकर तुम्हारे लिए रोटी पकाती थी, तो रोटी खाते हुए तुम पूछा करते थे–

"तुम रोटी बड़ी स्वादिष्ट बनाती हो, कल हम होटल में रोटी नहीं खाएँगे, तुम घर रोटी पकाओगी?"

"पका दूँगी, पर कल यह रोटी तुम्हें बहुत महँगी पड़ेगी।"

"कितनी महँगी?"

"तुम्हें एक हजार चुंबन देने पड़ेंगे।"

"एक हज़ार बहुत ज्यादा हैं. सात सौ।"

"नहीं।"

"अच्छा आठ सौ।"

"पूरे एक हज़ार।"

"अच्छा नौ सौ पचास।"

"एक हज़ार से एक भी कम नहीं।"

"अच्छा, पर यह बिलकुल डाका है।"

यह दीवाना खेल हम अक्सर खेला करते थे। पर खुशी किसी भी दीवानगी से शर्मिंदा नहीं होती।

एक बार मैंने खुद से इकरार किया कि सितंबर तक मैं ये छुट्टियाँ मनाऊँगी, इससे अधिक नहीं। सितंबर के आने में अभी तीन महीने बाकी थे। और मैंने सोचा था कि मैंने खुद को तीन महीने देकर, खुद पर बड़ा अहसान किया था। पर मेरा यह अपनापन न जाने कैसा था, कैसा नाशुकरगुज़ार, जब सितंबर आया तो यह मेरी ओर इस तरह घूरकर देखने लगा जैसे मैं इसके पास से कुछ चुराने लगी थी। यह और दिन माँगता था, मैंने इसे और दिन दे दिए, पर मैं इससे नाराज़ हो गई। —फिर इसने और दिन माँगे, पर मैं इससे और अधिक नाराज़ हो गई।

इस अपने आपको झूठा साबित करने के लिए मैंने धीरे-धीरे शक का सहारा लिया कि क्लाड जब देर से घर आता था तो ज़रूर किसी दूसरी औरत से मिलकर आता था। और क्लाड! इस शक का सहारा ले मैं रोज़ तुमसे लड़ने लगी।

तुम मुझे कुछ नहीं कहते थे, पर मुझे मालूम है तुम्हारे प्यार में कभी गुस्सा मिलने लगा था, कभी तरस, कभी अहसान, कभी थकावट, और फिर कभी बेवफाई भी। ये चीज़ें भी सहारे के लिए बड़ी अच्छी थीं।

पर ये सहारे बड़े खतरनाक थे। इन्होंने मेरे हाथ में एक दिन पिस्तौल पकड़ा दिया। पता नहीं इससे मैं तुम्हें मार देना चाहती थी कि खुद को, यह मेरे हाथ से चल गया। मैं इसकी आवाज़ से डरकर बेहोश हो गई। पर इसकी गोली न तुम्हारे जिस्म से छुई थी न मेरे जिस्म से, दोनों जिस्म सही-सलामत थे, पर कुछ दिनों में ही मुझे पता चल गया कि मेरे होश सलामत नहीं थे। उनमें कोई सुराख़ जरूर हो गया था।

यही एक सुराख़ था, जिसमें मैं वैसी सूली गाड़ सकती थी, जैसी पर चढ़कर लोग शहीद होते हैं। शहीद होने का दर्जा मेरे हिस्से में नहीं आया, पर सूली पर चढ़ना मुझे नसीब हो गया।

मैंने खुद को अँधेरे का व्यापार करने के लिए मना लिया। महल-जैसा घर चाहती थी, मेरे हुस्न ने मुझे खरीद दिया। सोने की तारों-जैसे लिबास चाहती थी, मेरी जवानी ने मुझे खरीद दिए...।

पर क्लाड! —वर्षों बाद जब तुम कैंसर से मर रहे थे, तुम्हारी बीवी तुम्हारे सिरहाने बैठी हुई थी, तुम्हारी बच्ची तुम्हारे दरवाज़े के पास खेल रही थी, उस वक्त तुम्हारे घर के दरवाज़े के आगे आकर कोई फूल रख गया था। तुम्हारी बच्ची ने वे फूल देखे थे और ले जाकर तुम्हारे सिरहाने रख दिए थे। तुमने फूलों को सूँघा था, पर तुम्हें यह पता नहीं लगा था कि वे फूल वहाँ कौन रख गया था।

क्लाड ! वे फूल मैंने रखे थे, तुम्हारी गैबी ने, जो मरकर भी नहीं मरी थी। तुम्हें पता है जो सूलियों पर चढ़ते हैं, वे मरकर भी नहीं मरते…।

मैं लैनी[1]

वैसे तो पैदा होने से लेकर मरने तक मेरी कहानी सिर्फ एक फ़िकरा है –"वर्षों में वर्ष जमा होते चले गए मैं उतने का उतना ही रहा" जैसे एक बचपन था जो लंबा होता गया और एक ऊँचे लंबे आदमी की शक्ल में फैलता गया–पानी के किनारे खड़े होकर मैं अपना हुलिया देखता था–देव कद, ढलके हुए कंधे, कंधों पर थोपा हुआ चेहरा, और चेहरे पर दो मोटी और पीली आँखों के गढ़े।

'ठहरा हुआ पानी नहीं पिया करते। तुम्हें प्यास लगी हुई हो तो तुम पूरे-का-पूरा जोहड़ भी डकार जाते हो।' जार्ज मुझे कहा करता था पर मुझे जवाब नहीं सूझता था। दुनिया में अगर हर जगह बहता हुआ पानी न मिले तो मैं इस बात का क्या जवाब दे सकता था।

'तुमने जेब में मरा हुआ चूहा क्यों डाल रखा है ?' जार्ज मुझसे झिड़कते हुए पूछा करता था, पर मैं क्या कह सकता था। अगर वह ज़िंदा मेरी जेब में नहीं ठहरता था तो इसमें मेरा क्या दोष था। मैं तो केवल जेब में हाथ डालकर उसकी मुलायम-सी पीठ को अपनी हथेली से छूकर देखना चाहता था।

और जार्ज मुझसे नाराज़ होता था कि मरे हुए चूहे को जेब में से निकाल फेंकता क्यों नहीं था। पता नहीं क्यों वह मुझ पर बिगड़ता था, हालाँकि मैंने उसे बताया था कि वह मुझे सड़क पर पड़ा मिल गया था, मैंने किसी के पास से उसे चुराया नहीं था। मेरी फूफी ने मुझे रबड़ का चूहा दिया था, पर कोई रबड़, किसी जीवित मांस की तरह कैसे हो सकता था।

---

1. स्टेन के नावल 'आफ माईस एण्ड मैन' का मुख्य पात्र लैनी।

'तुम्हारे कारण मेरी नौकरी भी छूट जाती है, तुम हर जगह कोई गलत काम कर देते हो, और फिर हम कितने ही दिन मारे-मारे घूमते रहते हैं।' जार्ज मुझसे शिकायत करता था, हालाँकि उसे पता था कि मैं कभी बुरी बात नहीं करता था। उसे मालूम था कि पिछली नौकरी छूटने से पहले मैंने एक छोटी-सी लड़की के फ्राक को इसलिए हाथ लगाया था क्योंकि वह बहुत मुलायम थी। मैं उसे चूहे की पीठ की तरह छूकर देखने लगा था, पर वह लड़की चीखें मारने लगी थी।

जार्ज को दुखी कर मैं दुखी हो जाता था, इसलिए मैं उससे कहता था कि मेरे कारण अगर तुम पर मुसीबत आती है तो तुम मुझे छोड़ दो।

'तुम अकेले कहाँ जाओगे?' जार्ज मुझसे पूछता था।

'किसी पहाड़ में कोई कंदरा ढूँढ़ लूँगा।' मैं कहता था।

'फिर वहाँ क्या करोगे?' जार्ज सोच में पड़ जाता था।

'कुछ नहीं, सारा दिन धूप सेकूँगा। वहाँ मैं अकेला नहीं हूँगा, एक चूहा ढूँढ़ लूँगा और फिर खेलता रहूँगा।' मैं सच कहता हूँ मुझे इससे अधिक कुछ नहीं चाहिए था कि कोई ऐसी जगह हो, जहाँ मुझे कोई न सताए, और मुझसे मेरी चीज़ न छीने।

जार्ज ने मुझसे वह चूहा छीनकर फेंक दिया था और उसकी जगह मुझसे इकरार किया था कि किसी दिन वह मुझे जिंदा चूहा ले देगा। चूहे बहुत छोटे होते हैं। उन्हें हाथ से प्यार करो तो वह हथेली पर पड़े-पड़े मर जाते हैं। जार्ज ने मुझसे इकरार किया था कि वह एक चूहा नहीं, मुझे एक छोटा-सा पिल्ला ले देगा। पिल्ला शायद जल्दी नहीं मरेगा और जार्ज ने कहा था कि भले ही घर-बार और बीवी-बच्चे हम लोगों की तकदीर नहीं होते, पर फिर भी जब हम मज़दूरी कर बहुत पैसे कमा लेंगे तो हम एक छोटा-सा घर बनाएँगे, और उस घर में एक गाय रखेंगे और कुछ सूअर पालेंगे। हम खरगोश भी रखेंगे। और हम रोटी बनाने के लिए एक चूल्हा खरीदेंगे, और फिर दूध पर बड़ी गाढ़ी मलाई आएगी—

और फिर जब हम मजदूरी कर रहे थे, एक दिन छुट्टीवाले दिन मैं भूसे के ढेर में बैठकर एक पिल्ले को प्यार कर रहा था कि उसकी गर्दन मुड़ गई। पिल्ला चूहे की तरह छोटा नहीं था, पता नहीं वह इतनी जल्दी क्यों मर गया। मैं मरे हुए पिल्ले से बातें कर रहा था कि मैनेजर की बीवी आ गई और मुझसे बातें करने

लगी । मैंने उससे साफ कह दिया था कि मुझे उससे बातें नहीं करनी क्योंकि जार्ज ने मुझे किसी भी औरत से बातें करने मे मना किया हुआ था पर वह फिर भी मुझसे बातें करती रही और फिर मुझसे नाराज हो गई कि मैं हर वक्त पिल्लों और खरगोशों की बातें करता था और कहने लगी क्रि उसके बाल खरगोशों और पिल्लों से भी मुलायम थे और मैं उसके बालों को हाथ से छूकर क्यों नहीं देखता था ।

और फिर वह जोर-जोर से हँसने लगी । मैं डर गया था कि उसकी हँसी की आवाज अगर कहीं जार्ज ने सुन ली तो वह मुझ पर खूब बिगड़ेगा । इसलिए उसकी हँसी को रोकने की खातिर मैंने उसका मुँह अपने हाथ से बंद कर दिया । मैं उसका मुँह अपने हाथ से बंद किए रहा ताकि उसकी आवाज जार्ज तक न पहुँच जाए, और फिर जब वह चुप हो गई तो मैंने अपना हाथ अलग कर लिया । मुझे क्या पता था कि वह पिल्ले की तरह इतनी जल्दी मर जाएगी ।

मुझे नहीं पता था कि अब लोगों ने मुझे बंदूक से मार देना था । शायद जार्ज को पता था, इसलिए वह मुझे वहाँ ले गया, उस पानी के किनारे, जहाँ बैठकर एक दिन उसने मुझसे कहा था कि हम इस नदी के पार एक दिन एक घर बनाएँगे, उस घर में हम एक गाय रखेंगे और…

मैं नदी के किनारे बैठ उस पार की जमीन की तरफ देखता रहा, जहाँ हमें घर बनाना था, और जार्ज मेरी पीठ-पीछे खड़ा हो कितनी देर मुझसे उस घर की बातें करता रहा । मैंने सोचा था कि जार्ज मुझसे बड़ा नाराज़ होगा पर मैं बड़ा खुश था कि वह मुझसे नाराज़ नहीं था, बल्कि मुझसे इकरार कर रहा था कि हम उस घर में चूज़े भी जरूर रखेंगे ।

वह सारा सपना मेरी आँखों के आगे हिल रहा था—गाय का मुलायम-मुलायम जिस्म, खरगोशों के सफेद-सफेद बाल, चूज़ों के छोटे-छोटे पख—और फिर मुझे लगा कि वह हिलता-हिलता मेरी आँखों में आकर ठहर गया था । अब मैं आँखें नहीं झपक सकता था । आँखें भी एक जगह पर ठहर गई थीं, और उनमें पड़ा हुआ सपना भी एक ही जगह पर ठहर गया था ।

जार्ज मेरे दोस्त ! मैं कैसे तुम्हारा शुक्रिया अदा करूँ कि तुमने मुझे ऐसी सुंदर और शांत मौत मरने दिया । अगर तुम एक घड़ी और चूक जाते तो मुझे ढूँढ़ रहे लोगों की निर्दयी भीड़ ने बहुत बुरी मौत मारना था । अगर मैं उनके हाथों मरता तो इस सपने की जगह एक बड़ा भयानक खौफ मेरी आँखों में समा जाना था,

और फिर सदा के लिए उसने मेरी आँखों में बैठ जाना था।

पर जार्ज! इस दुनिया में मैं एक लैनी नहीं, मैं लैनियों की वह बड़ी भीड़ हूँ, अकेलापन जिसकी तकदीर होता है, और हम सब जिंदगी की सुंदर चीज़ों को कभी हाथ से छूकर देखने के लिए तरस रहे हैं। खूबसूरत चीज़ें नसीब नहीं होतीं और तरसे हुए हाथ जब भी किसी चीज़ को छूते हैं, वह मर जाती है और फिर ज़ालिम लोग उसके पीछे भागने लगते हैं और उन लोगों के आगे-आगे भागता हुआ हर लैनी खौफ़ज़दा है···

मैं तुमसे एक बात पूछता हूँ जार्ज! कि अगर इस दुनिया में लैनी इतने अधिक हैं तो जार्ज इतने अधिक क्यों नहीं, ताकि हर लैनी जब मरने लगे तो कोई मेहरबान जार्ज उसे मिल जाए और उसके सपने की बातें करता रहे और फिर उसकी आँखों के आगे सदा हिलता रहनेवाला सपना उसकी आँखों में रुक अपना ठिकाना ढूँढ़ ले। फिर भले ही आँखें कभी न झपक सकें। आँखें भी एक ही जगह ठहरी रहें, और उनमें समाया हुआ सपना भी एक ही स्थान पर खड़ा रहे।

मैं कैथरीन[1]

चार्ल्स! तुम्हारी मौत की खबर सुनकर आज मलिका विक्टोरिया ने मुझे अफसोस का तार भेजा है—मुझे मिसिज़ चार्ल्स डिकन्ज़ को—अगर मलिका विक्टोरिया तुम्हारे जीवित रहते मुझे 'बैरोनेट' की पदवी दे देती, जैसा कि हवा में यह खबर थी, तो मैं लेडी डिकन्ज़ भी कहलवा सकती थी···पर कुछ भी कहने से या कहलवाने से क्या होता है···मैं जानती हूँ चार्ल्स! मेरा विवाह कभी तुमसे नहीं हुआ था। मैं गिरजे के उस पादरी को झुठलाती नहीं जिसने विवाह की रस्म निभाई थी, मैं केवल यह कहना चाहती हूँ कि मेरा विवाह सिर्फ तुम्हारे एक हाथ की तीसरी उँगली से हुआ था···

---

1. चार्ल्स डिकन्ज़ की पत्नी कैथरीन का आखिरी खत।

तुम्हारे हाथ की तीसरी उँगली··· जिस पर सारी उमर वह अँगूठी पड़ी रही, जो मेरी बहिन 'मेरी' ने मरते समय तुम्हें दी थी। मर चुकी बहिन के जिंदा इश्क को मैंने अपना लिया था और तुम्हारी तीसरी उँगली को, समेत उस अँगूठी के, अपनी जिंदगी का साथी मान, मैंने अपनी कोख में से दस बच्चों को जन्म दिया··· छोटे-छोटे डिकन्ज़··· छोटे-छोटे ब्याज···

हर ब्याज का कोई मूलधन होता है। यह मूलधन अगर मर्द और औरत के आपसी प्रेम का हो, तो वर्षों इस्तेमाल करने से भी खत्म नहीं होता। पर यह धन अगर किसी के एकपक्षीय प्रेम का हो?··· मैं यह नही कहती कि तुमने मेरे सवाली प्रेम का जवाब नहीं दिया था, तुम्हारे प्यारे-प्यारे खत अभी तक मेरे पास सँभालकर रखे हुए हैं, पर उन खतों में जो जवाब था, वह मेरे प्यार का जवाब नहीं था, वही मेरी सोई-सोई आँखों और अभी-अभी जागी जवानी को लिखा हुआ जवाब था—पर जब जवानी सो जाती है, तो आँखें पूरी तरह जाग पड़ती हैं। और अपनी सो रही जवानी के वक्त मैंने पूरी तरह जाग रही आँखों से देखा कि जिस मूलधन का ब्याज मैं हर नए वर्ष अपनी गोद में खेलाती थी, वह धन केवल मेरा एकपक्षीय प्रेम था और इस धन में तुमने अपनी मर्जी का जो धन मिलाया था, वह मेरी खत्म हो रही जवानी के साथ ही खत्म हो गया था और अब तुम्हारे खयाल में मेरा किसी ब्याज पर भी कोई अधिकार नहीं रह गया था—मेरा अपने बच्चे पर भी कोई अधिकार नहीं रह गया था···

चार्ल्स! अब तुम्हारे पास जमाने-भर की शोहरत थी, मेरे पास मेरी गुमनामी थी। तुम्हारे पास अब दुनिया-भर के साथ की रौनक थी, मेरे पास मेरा अकेलापन था। तुम्हारे पास अब हजारों पौंड की वह आमदनी थी, जो खर्च किए खत्म नहीं होती थी, मेरे पास मेरे एकपक्षीय प्रेम का वह सिक्का था जो तुम्हारी दुनिया में चल नहीं सकता था। इसलिए मेरा कोई बच्चा अगर तुमसे आँख बचा मुझे मिलने आ जाता था तो मैं खुद ही उसे मना कर देती थी—मैं नहीं चाहती थी कि मेरी गुमनामी, मेरे अकेलेपन, और मेरे प्यार का खोटा सिक्का मेरे किसी बच्चे की किस्मत बन जाए··· अगर किसी बच्चे ने तुम्हारी विरासत सँभालनी थी—तुम्हारी दौलत, तुम्हारी शोहरत और तुम्हारा अपनत्व--तो उसके लिए तुम्हारी यही आज्ञा थी।

चार्ल्स! जब तक तुम जीवित रहे, मेरा यह विश्वास भी जीवित रहा कि भले ही मेरा विवाह तुम्हारे समूचे अस्तित्व से नहीं हुआ था, पर तुम्हारी तीसरी

उँगली से तो अवश्य हुआ था, इसलिए कल जब तुम्हारी मौत की खबर मुझे मिली, मैंने काला लिबास पहन लिया। डीन की आज्ञा से तुम्हारी कब्र कुछ दिनों के लिए तुम्हारे दर्शकों के लिए खुली रखी गई है, और जब मैं आखिरी बार तुम्हें देखने के लिए रात को तुम्हारी कब्र पर गई, तो तुम्हारी तीसरी उँगली की विधवा होने के नाते मैंने चाहा कि तुम्हारी उँगली में पड़ी हुई अँगूठी अब मैं अपनी उँगली में पहन लूँ।···पर फिर मुझे पता चला कि मेरी सबसे छोटी बहिन जारजीना ने मेरे आने से पहले ही वह अँगूठी अपनी उँगली में पहन ली थी, और मुझे पता चला कि यह केवल जारजीना की मर्जी नहीं थी, यह तुम्हारी भी मर्जी थी।

कब्र से वापस आकर मैंने यह काला लिबास अपने गले में से उतार दिया है। मुझे तीसरी उँगली की विधवा होने का अधिकार भी नहीं मिला, इसलिए मैं काला वेश पहनने का अधिकार भी नहीं लेना चाहती। मैंने कभी भी वह नहीं लेना चाहा, जो तुमने मुझे देना नहीं चाहा। चार्ल्स! मैंने सब ग़लतफ़हमियाँ तुम्हारे जिंदा रहते दूर कर ली थीं, सिर्फ यही एक ग़लतफ़हमी रख छोड़ी थी···पर आज मरते वक्त तुमने मेरी यह ग़लतफ़हमी भी दूर कर दी। तुमने बड़ा अच्छा किया क्योंकि जो लोग देवताओं के पास से एकपक्षीय प्रेम की आग चुराकर लाते हैं, उनके अंगों पर कोई गलतफहमी शोभा नहीं देती, उनके अंगों की नग्नता ही उनकी पवित्रता होती है।

चार्ल्स! तुम्हें एक बात बताऊँ? जिस उपेक्षित कुटिया में मैं रहती हूँ, उसकी दीवार पर दो तस्वीरें लगी हुई हैं—एक तुम्हारी और एक मेरी—जिस डेनियल की चित्रकला के तुम कायल थे, ये उसी डेनियल की बनाई हुई तस्वीरें हैं, और इन तस्वीरों में वह समय, वह घड़ी, वह पल, वहीं-के वहीं ठहरे हुए हैं, जब तुम्हें मैंने पहली बार देखा था, और तुमने मुझे पहली बार···समय को रोक सकने का बल या तो किसी चित्रकार में होता है या किसी आशिक में। डेनियल के बनाए हुए चित्र में और मेरी कल्पना में, तुम—अपनी झिलमिल करती हुई जवानी वाले तुम—सदा कायम रहे हो, सदा कायम रहोगे। और मैं जब भी इस दीवार की ओर देखती हूँ, मुझे तुम्हारा चित्र बड़े अभिमान के साथ इस दीवार पर बैठा हुआ दिखाई देता है। पर मेरा अपना चित्र? देख सकती थी—डेनियल की कला ने इसका सबकुछ कायम रखा हुआ था, जो समय ने कायम नहीं रखा, और यह चित्र इस बात से शर्मसार, मुझे सदा इस दीवार पर से उतरने के लिए

उतावला दिखाई देता था··· पर इस समय मोमबत्ती की काँपती रोशनी में बैठकर मैं जब तुम्हें खत लिखने लगी, तो मेरा यह चित्र दीवार पर से उतरकर मेरे पास आ गया, और फिर मुझे लगा कि वह मेरे हाथ में से कलम लेकर तुम्हें खत लिखने लगा।··· नहीं मुझे ग़लतफ़हमी नहीं हुई, कहाँ मेरे ये खुरदरे और बूढ़े हाथ और कहाँ उसके मुलायम और जवान हाथ··· उसने जल्दी-जल्दी यह पत्र लिखा और फिर अपने कान के पास झूल आए काले स्याह बालों का गुच्छा हाथ से परे कर उसने मेरी ओर देखा, और फिर मुस्कराकर वह सामने दीवार पर चला गया।··· और अब मैं देख रही हूँ कि वह इस दीवार पर, तुम्हारे चित्र के बिलकुल पास होकर बड़े अभिमान से बैठ गया है। ऐसे, जैसे उसने अपनी मुस्तकिल जवानी का कोई भेद ढूँढ़ लिया है—तन की जवानी का नहीं, पर शायद मन की जवानी का।

कभी समय था चार्ल्स! जब मैं तुमसे किसी अधिकार का पर्दा चाहती थी, और तुम्हारी किसी मेहरबानी का सहारा माँग लेती थी, और अपने अकेलेपन की ठिठुरन से घबराकर, तुम्हारे साथ गुजारी किसी अच्छी घड़ी की धूप के नीचे खड़ी हो जाती थी··· और आज तक मैंने तुम्हें जितने भी पत्र लिखे थे, वह किसी ग़लतफ़हमी की रंगीन स्याही से लिखे थे, पर आज अपना यह आखिरी पत्र मैं तुम्हें सफेद स्याही से लिख रही हूँ—अपने मन-जैसी सफेद, जिसमें कोई रंग नज़र नहीं आता, पर जिसमें सभी रंग समाए हुए हैं। और इस पत्र में मैं संस्कारों के सब पर्दे उतार तुम्हें एक बात लिख रही हूँ—कि मैंने आज अपने अस्तित्व की नग्नता को चूम लिया है।

अब जब मैं यह पत्र तुम्हारी कब्र में रखने के लिए आई हूँ, तो मैंने काला नहीं, सफेद लिबास पहन रखा है और चार्ल्स! आज मैं कह सकती हूँ कि मेरा विवाह कभी तुम्हारे साथ नहीं हुआ था। तुम्हारी तीसरी उँगली के साथ भी नहीं। मेरा विवाह मेरे एकपक्षीय प्रेम के साथ हुआ था, और वह अब भी जीवित है, तुम्हारी मौत के बाद भी जीवित है इसलिए उसके जीवित रहते हुए मैं काला लिबास नहीं पहन सकती।

मैं राधा[1]

लोग मरते वक्त हिचकियाँ लेते हैं, पर मेरे महबूब ! कई मुझ-जैसे भी होते हैं, जो मौत की दहलीज़ पर पाँव रखते समय नहीं, जिंदगी की दहलीज़ पर पाँव रखते समय ही ये हिचकियाँ लेने लगते हैं।

एक छोटी-सी बच्ची का इस दुनिया में अनाथ हो जाना और आँखें फाड़-फाड़कर कभी जमीन की तरफ देखना और कभी आसमान की तरफ—यह अकेलापन मेरी पहली हिचकी थी, जो मैंने जिंदगी खत्म करते हुए नहीं, जिंदगी शुरू करते हुए ली थी।

जिस घर में भी पनाह लेती, भले ही उसके बत्तीस काम करती, पर रोटी का हर निवाला निगलते समय गले में फँस जाता, जैसे उस रोटी का आटा पानी में नहीं तरस में गूँधा गया हो। यह बेचारगी मेरी दूसरी हिचकी थी।

अकेली और जवान औरत की आबरू इस दुनिया में उस कच्चे रंग की तरह होती है, जो राह चलते हुओं की नज़र से उड़ता रहता है। इस दुनिया का दिया हुआ यह कच्चा रंग मेरी तीसरी हिचकी थी।

तुम्हारा इश्क, मेरी नजरों में मेरी रूह की नेकनामी थी, पर बाकी सबकी नज़रों में मेरी बदनामी। छोटे-से स्कूल की नौकरी··· मेरी रोटी का का दूसरा सहारा··· मुझसे छीन ली गई, क्योंकि मैं नेकनाम औरत नहीं थी। यह भी मेरी एक हिचकी थी, भले ही यह हिचकी मैंने रोकर नहीं भरी, हँसकर भरी, क्योंकि इसका संबंध तुम्हारे इश्क से था।

और सूने दिनों और वीरान रातों में तुम्हारे इंतजार की हिचकी, तुम्हारे विरह की हिचकी और उस सहम की हिचकी कि तुम इस समय न जाने कहाँ होगे, और तुम्हारे पीछे बंदूकें लिए दौड़ते हुए दुश्मनों ने पता नहीं तुम्हारे साथ क्या सलूक किया होगा··· और फिर बंदूक की गोली से तड़पते मेरी एक आखिरी हिचकी—पर मेरे महबूब ! इन सब हिचकियों से मुझे कोई उलाहना नहीं, बल्कि जो हिचकी बंदूक की गोली से तड़पते हुए मैंने ली, उसकी मैं देनदार हूँ। तुम्हारे

1. बलगारियन लेखक इवान वाज़ीव के नावल 'अंडर दि योक' के मुख्य पात्र ओगनियानोव की प्रेमिका राधा।

गिर्द दुश्मनों का घेरा पड़ जाने पर, जिस समय तुम्हारी मौत यकीनी हो चुकी थी, अगर उस समय मैं तुम्हारे हाथों में न मर जाती तो जो जिंदगी मुझे गुजारनी पड़ती, उसे सोचकर सिर्फ औरत ही नहीं काँप उठती, यह धरती भी काँप उठती है।

पर मेरी एक और हिचकी है मेरे महबूब! मेरे गले में रुकी हुई एक हिचकी। मैं राधा, एक औरत, शायद तुम्हें क्षमा भी कर दूँ, पर मैं, औरतजात, तुम्हें क्षमा नहीं कर सकती। तुम, जिसने गुलामी की लानत से इतनी नफरत की कि देश को स्वतंत्र करवाने की सबसे पहली कसम तुमने खाई। फिर, जिसने वनों और जंगलों में भटकते हुए उमर गुजार दी, पर जिसका विश्वास एक पल भी न डोला। और तुम, जो सिर्फ एक बहादुर आदमी नहीं थे, बहादुरी की कहावत बन गए थे, तुमने अपनी गैरहाज़िरी में अपने एक दोस्त को मेरे पास आया सुनकर मुझ पर इस तरह शक किया कि मेरी कोई भी मिन्नत तुम्हारा विश्वास न बन सकी... यह सिर्फ एक इत्तफ़ाक था कि मुद्दतों बाद तुम्हारे एक दूसरे दोस्त ने उस दोस्त का मुझे लिखा एक ऐसा मासूम खत तुम्हें दिया कि तुम्हें फिर मुझ पर विश्वास आ गया। पर मेरे महबूब! यह कैसा विश्वास था जो एक बेगाने के मुँह से सुनी बात पर टूट सकता था, और जिसमें मैं कुछ भी नहीं थी। मैं जैसे हुई, न हुई... हुई, न हुई...

मैं मैलरी[1]

मैं मैलरी एक मनुष्य नहीं, एक रोष हूँ... दुनिया की हर खूबसूरती को जिबह करनेवाली हर छुरी के खिलाफ एक रोष। यह खूबसूरती चाहे एक बुत की शक्ल में हो और चाहे एक सोच की शक्ल में, और यह छुरी चाहे ताकत के नाजायज़ इस्तेमाल की शक्ल में हो और चाहे चुप की साजिश की शक्ल में।

1. आइन रैंड के नावल 'फाउन्टेन हैड' का एक पात्र मैलरी।

मैंने 'एलस बर्थ टूहे' नामक एक आदमी को गोली नहीं मारी थी, चुप की साजिश की गोली मारी थी। इसके लिए कुछ महीने जेल में रहने का मुझे कोई गम नहीं था, क्योंकि जिस समाज में मुझे रहना पड़ा था उसकी बनावट भी इसी रूप था। सलाखें लोहे की हों या कला की, पहचान से इनकारी होनेवाली नज़रों की, इससे कोई फर्क नहीं पड़ता।

यह आक्रोश अगर किसी और चीज़ से समझौता नहीं कर सकता तो गरीबी से, गुमनामी से, जिंदगी की अर्थहीनता से और खुद को शराब के प्याले में धीरे-धीरे घुला देनेवाली आत्महत्या से अवश्य समझौता कर सकता है। यह समझौता मैंने कर लिया था। पर एक दिन मेरे इस अँधेरे में एक नंगी किरण-जैसा आदमी मुझे मिलने के लिए आया। उसकी मुलाकात का एक-एक शब्द मैं आपको बताता हूँ।

''मैंने तुम्हें खत लिखा था, बुलाया था, तुम आए क्यों नहीं मैलरी ?''

''मैं नहीं आ सका, पर तुम्हारा यहाँ मुझे घर आकर ढूँढ़ना, बिलकुल गलत तरीका है। ऐसा दुनिया में नहीं होता। तुम्हें चाहिए था—तुम मुझे अपने दफ्तर आने के लिए मजबूर करते, और पहली बार जब मैं आता, तुम उस दिन दफ्तर से नदारद होते। दूसरी बार तुम मुझसे डेढ़ घंटे अपने बाहरवाले कमरे में इंतजार करवाते और फिर डेढ़ घंटे बाद तेजी से आकर मुझसे हाथ मिलाते और कहते कि आज तुम्हें कुछ जरूरी काम था और तुम्हें अफसोस था कि आज तुम मुझसे कोई बात नहीं कर सकोगे। और फिर इसी तरह हम बात को दो महीने लटकाए रखते। फिर दो महीने बाद तुम मुझे काम देते, और जब मैं यह काम तैयार कर तुम्हारी मेज़ पर रख देता, तो तुम माथे पर बल डाल उस काम को घूरते और फिर उसे रद्द कर देते—हमेशा ऐसा ही होता है, इस बार क्यों नहीं ?''

''नहीं, इस बार नहीं।''

''तुम हावर्ड रोरक! तुम बड़ी खूबसूरत इमारतें बनाते हो, मैं तुम्हें सच बताऊँ मैं इसीलिए तुमसे मिलने नहीं आया। मिलने पर—वह आदमी, वह आदमी नहीं निकलता, जो अपनी कला की खूबसूरती के समकक्ष ठहरता हो...''

''अगर मैं आदमी के तौर पर भी उस पे पूरा उतरता होऊँ—फिर...''

''ऐसा कभी नहीं होता।''

''मैं एक नई इमारत बना रहा हूँ, मैं चाहता हूँ तुम उसके लिए एक बुत बना दो। मैं अभी एक कागज़ पर लिख देता हूँ कि अगर मैं तुम्हारा बनाया हुआ बुत

इस्तेमाल में न लाऊँ, तो उसके लिए दस हजार डालर हरजाना दूँगा।"

"मैंने शराब नहीं पी हुई, इसलिए मेरे होश-हवास कायम हैं, तुम मेरे साथ होश-हवास की बातें करो—तुमसे एक बात पूछूँ? यही कि इस काम के लिए तुमने मुझे क्यों चुना है?"

"क्योंकि तुम एक बहुत अच्छे कलाकार हो।"

"यह सच नहीं।"

"क्या यह सच नहीं कि तुम एक बहुत बड़े कलाकार हो?"

"मेरा मतलब है कि तुम्हारे चुनाव का यह कारण सच नहीं। क्या मैं पूछ सकता हूँ कि मुझे काम देने के लिए तुमसे किसने कहा है?"

"किसी ने नहीं।"

"किसी उस औरत ने कहा होगा, जिसके साथ मैं कभी..."

"मैं किसी ऐसी औरत को नहीं जानता।"

"फिर तुम्हारे पास पैसे कम होंगे, शायद इसलिए..."

"इस खर्च के लिए बहुत बड़ी रकम है।"

"मैंने एक बार एक समालोचक को गोली मारी थी, कैद हुआ था, यह बात शायद तुम्हारी इश्तहारबाजी के काम आ सकती है..."

"ऐसी बिलकुल कोई बात नहीं।"

"फिर तुम मुझे बताते क्यों नहीं?"

"तुम ऐसे ही फजूल कारण सोचते हो, सीधा क्यों नहीं सोचते कि मुझे तुम्हारा काम पसंद है।"

"कहने को यही फिकरा सबसे पहले कहा जाता है, कहा जाना भी चाहिए, पर तुम मुझे असली कारण क्यों नहीं बताते?"

"यही कि मुझे तुम्हारा काम पसंद है।"

"तुम्हारा मतलब है कि तुमने मेरी वे सारी कला-कृतियाँ—सारे बुत देखे हैं, जो मैंने कभी बनाए थे? और तुम्हें वे पसंद आ गए, बगैर किसी के यह बताए कि तुम्हें वे पसंद करने चाहिए?... और सिर्फ इसी बात ने तुम्हारी आँखों में मेरी कदर भर दी?"

"हाँ।"

रोरक द्वारा की हुई यह 'हाँ' मेरे लिए बहुत बड़ा सदमा थी। एक आश्चर्य का सदमा। मैंने गरीबी और गुमनामी की एक अँधेरी कोठरी में रहते हुए जिस

चीज़ की अस्तित्वहीनता से मुश्किल से समझौता किया था, उस चीज़ के अस्तित्व का आश्चर्य मेरी सहनशक्ति से बाहर की बात थी।

''तुम ! बेवकूफ मैलरी ! तुम्हें कोई हक नहीं कि तुम मेरी या किसी और की राय की परवाह करो। तुम हमसे बहुत ऊँचे हो। तुम्हारे-जैसा कलाकार हमारे पास कोई दूसरा नहीं। कला में जो असंभव हो सकता है, तुमने उसे संभव बनाया है, रोरक मेरे सामने खड़ा कह रहा था, और मैं, जिसने अँधेरे के साथ जीने की आदत डाल ली थी, नंगी किरण-जैसे इस आदमी को देखकर रो पड़ा।

मैं रोरक के प्रति बेहद शुक्रगुजार हो उठा। इसलिए नहीं कि उसने मुझे एक बहुत बड़ा काम दिया था, और इसलिए भी नहीं कि वह खुद चलकर मेरी कोठड़ी में आया था, बल्कि सिर्फ इसलिए कि वह 'है'—इस दुनिया में वह 'है'।

मैं कह रहा था कि मैं मैलरी एक आदमी नहीं, एक आक्रोश हूँ, गुस्से की एक लहर हूँ। जिन बेचारों को कला की पहचान नहीं उनके लिए मेरे मन में कोई गुस्सा नहीं। गुस्सा सिर्फ उनके लिए है जिन्हें पहचान भी होती है और वे फिर भी चुप रहते हैं। चुप की छुरी हाथ में लेकर वे कलाकार को धीरे-धीरे जिबह करते हैं। कलाकार के जिबह हो जाने में भयानकता नहीं, भयानकता यह है कि कलाकार की गर्दन में से बहता खून हर किसी को दिखाई देता है, पर उस गर्दन पर चलती छुरी किसी को दिखाई नहीं देती।

रोरक मुझसे सहमत है, पर वह मुस्करा रहा है। भयानकता का खौफ, सोच रहा हूँ, एक बीमारी की तरह है और हर बीमारी की तरह इसके भी जर्म होते हैं। जर्म उसी जिस्म में असर कर सकते हैं, जो जिस्म कहीं से कुछ बहुत तगड़ा नहीं होता। रोरक को मुस्कराते हुए देखकर मैं यह नहीं कह सकता कि उसे भयानकता का पता नहीं या उसने यह भयानकता भोगी नहीं, सिर्फ यह कह सकता हूँ कि रोरक एक खालिस सेहत है, इतनी कि वह हर खौफ के हर जर्म से बे-असर है और चुप की किसी साजिश को भी मारने से बे-परवाह।

मैंने गोली मारने की परवाह की थी रोरक को देखने से पहले। देखने के बाद—सोचता हूँ, इस परवाह की जरूरत थी तो गरीबी के, गुमनामी के, जिंदगी की अर्थहीनता के, और खुद को शराब के प्याले में धीरे-धीरे घुला देनेवाली आत्महत्या के अँधेरे में, किसी नंगी किरण के अस्तित्व को देखने की जरूरत थी—और इस अस्तित्व की भी कहीं बाहर से इंतजार करने की जरूरत नहीं थी, ऐसा बनने की जरूरत थी।

मैं मैलरी अब भी एक आक्रोश हूँ—दुनिया की हर खूबसूरती को जिबह करनेवाली हर छुरी के खिलाफ एक आक्रोश । पर अब मेरी सेहत बहुत अच्छी है, खौफ का कोई जर्म मुझ पर असर नहीं कर सकता, और चुप की हर साजिश को मैं मुस्कराकर देख सकता हूँ, और फिर ध्यान कहीं दूसरी तरफ कर अपनी नई कलाकृति आरंभ कर सकता हूँ !

●●●